너의 여름에
내가 닿을게

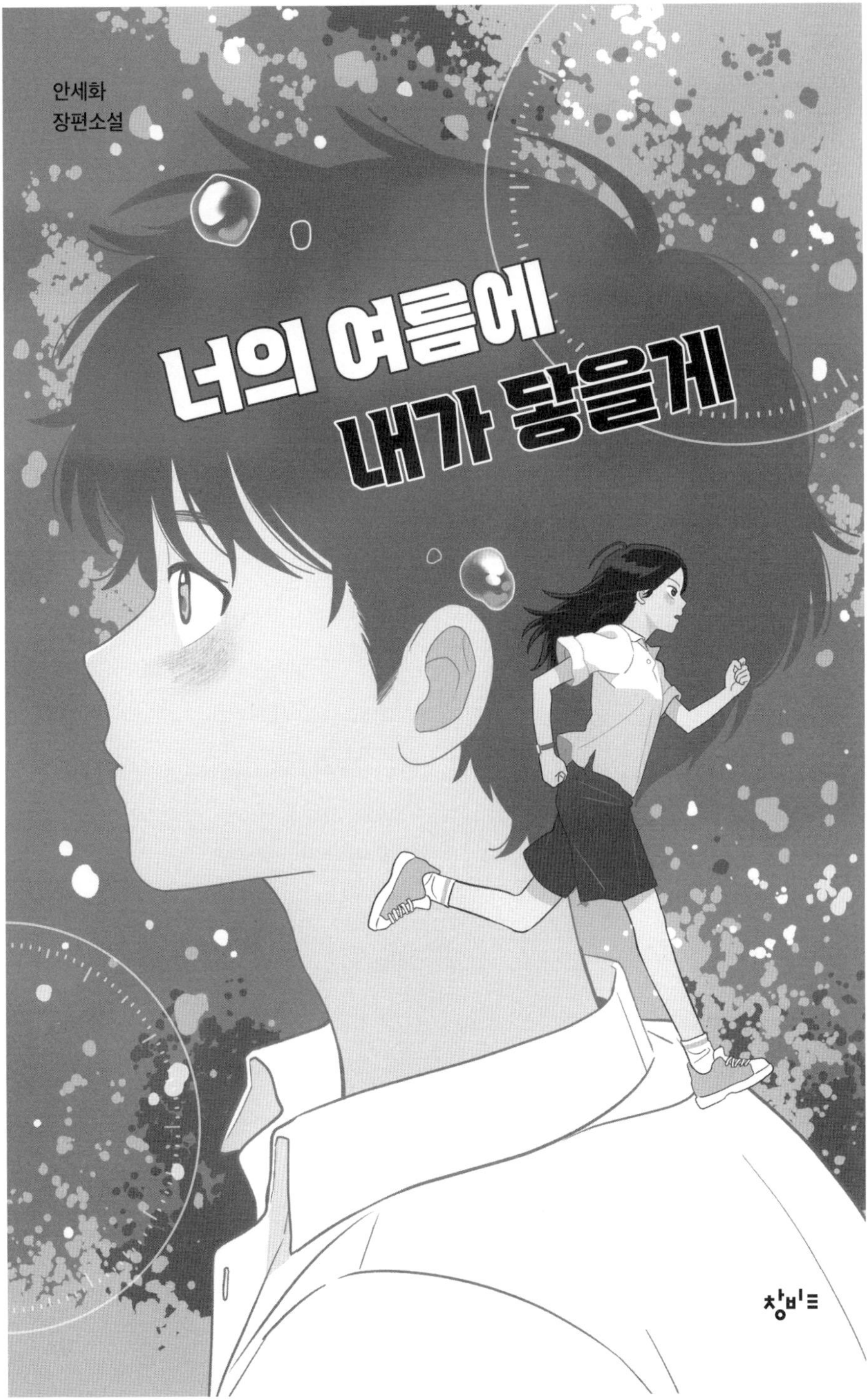
안세화
장편소설
너의 여름에
내가 닿을게
창비

차례

1

나는 생애 열여덟 번째 여름을 지나고 있다. 올해는 유독 날이 덥다. 하늘 높이 자리한 태양이 기세 좋게 이글거리는 동안 온 골목에 아지랑이가 피어 일렁인다. 이런 날엔 방구석에서 숨죽이고 있는 게 최고다. 팔다리를 펼치고 누워, 창 틈새로 불어오는 미풍을 맞으며, 머리맡에 둔 콜라 잔에서 탄산이 톡톡, 리드미컬하게 튀는 소리를 듣고 싶다. 하지만 오늘은 그럴 수 없다. 지금 나는 무더운 골목을 달리는 중이다.

구불구불 좁은 길을 빠져나가는 동안 핸드폰 진동이 울린다. 청바지 뒷주머니에 단단히 박힌 채 부르르 떨며 끝없이 신경을 거스른다. 이토록 끈질기게 전화를 거는 사람은 보나 마나 세미다. 나는 속도를 늦추지 않은 채 주머니에서 핸드폰을 꺼낸다. 그리고 전원을 꺼 버린다. 지금은 세미와 이야기할 여유가 없다. 용건이라면 이미 알고 있다.

골목을 빠져나오면 큰길이 나온다. 그 길을 따라 직진하면 다른 동네에서는 어림도 없겠지만 우리 동네에서는 번화가라고 불리는 상점 거리가 펼쳐진다. 프랜차이즈 카페, 치킨집, 선술집, 낚시용품 대여점, 기념품 가게 등이 두 줄로 늘어선 거리다. 원래 이곳은 한산한 편이다. 그런데 오늘은 일직선으로 달릴 수 없을 정도로 붐빈다. 다른 해보다 유독 더운 여름을 피해 몰려든 피서객들 때문이다.

모처럼 대목을 맞은 거리엔 활력이 넘친다. 나는 인파를 피해 요리조리 달린다. 방향을 트는 족족 신바람 난 상인들과 눈이 마주친다. 몇몇 상인들이 주의를 준다. 조심해! 넘어질라! 단골집 아주머니는 주걱을 흔들며 외친다. 왜 그래? 뭐 급한 일 있어? 방학 동안 아버지 가게에서 일을 돕는 바우는 꼬인 그물을 풀면서 소리친다. 아까부터 세미가 널 찾던데? 하지만 나는 대꾸하지 않는다. 그 누구에게도 눈길조차 주지 않은 채, 쏜살같이 거리를 빠져나간다.

상점 거리의 끝은 4차선 도로와 연결된다. 주변에 큰 건물이 하나도 없어서 탁 트인 인상을 풍기는 이곳엔 낮이고 밤이고 쾌청한 기운이 감돈다.

도로의 가장자리로 인도가 길게 뻗어 있는데 폭이 굉장히

좁다. 겨우 어른 두 명이 나란히 걸을 정도다. 나는 의식적으로 어깨를 조금 움츠리고 달린다. 잠시 뒤, 예상대로 훼방꾼들이 나타난다. 나보다 앞서 인도를 걷고 있던 사람들이다. 나는 악의 없이 앞길을 막는 그들을 재주껏 피해 간다.

질주를 방해하는 사람들 중에는 아는 이도 있다. 멀리서 뒤통수만 봐도 알 수 있는 사람이 시야에 잡힌다. 류지훈이다. 나는 구태여 그를 부르지 않는다. 여기서 잡히면 괜한 시간 낭비를 할 것 같아서다. 다행히 앞에 있는 그는 아직 내 존재를 알아채지 못했다. 나는 바짝 속도를 높여서 그의 옆을 스쳐 간다. 뒤늦게 나를 발견한 지훈이 뒤에서 부른다. 야! 어디 가? 하지만 나는 돌아보지 않는다.

머잖아 저 멀리 동그란 표지판이 보인다. 인도 한가운데서 해변으로 가는 방향을 알려 주는 표지판이다. 드디어 목적지에 가까워졌다는 사실이 실감 나자 갑자기 다리가 떨려 온다. 심장 박동도 빨라진다. 하지만 그것이 머뭇거릴 이유가 되지는 못한다. 나는 요동치는 가슴을 부여잡고 걸음을 옮긴다. 옆으로 발길을 틀어서 인도와 연결되어 있는 돌계단을 내려간다. 야트막한 언덕을 지나서 마침내 해변에 다다른다.

휴가철의 해변은 사계절 중 가장 보기 좋다. 적어도 나에겐 그렇다. 날카로운 햇빛에 쏘여 점점이 반짝이는 바다와 뜨거운 모래사장 위에 색색이 꽂힌 파라솔과 과감하고 실험적인 옷차림의 피서객들을 한눈에 담아서 보면, 어딘가 들뜨고 소란한 기운과 느긋하고 태만한 기운이 동시에 느껴진다. 나는 이 모순적이면서도 전염성 강한 기운이 좋아서 여름 방학의 대부분을 해변에서 보내곤 한다. 그리고 그 역시 그렇다.

오래지 않아 그가 보인다. 북적이는 풍경의 귀퉁이에 있는 그를 중심으로 시야가 좁혀진다. 그는 가족, 친구, 연인 단위로 뭉쳐 있는 사람들 속에서 당당히 한자리를 차지하고 있다. 현지인다운 한가로운 자태로 앉아 파란색 노트 위에 모래 묻은 펜을 굴리고 있는 중이다.

나는 곧장 그에게 다가간다. 눈을 감고도 그릴 수 있는 익숙한 이목구비를 새삼 뜯어보며 조금씩 거리를 좁혀 간다. 하지만 그의 이름을 부르진 않는다. 소리 내어 주의를 끌지도 않는다. 심지어 그가 나를 알아볼 수 있을 만큼 가까이 접근하지도 않는다. 그 전에 발길을 세운다. 붐비는 해변 한복판에 우뚝 서 버린다.

이제껏 그를 만나기 위해 전력으로 달려왔는데, 어쩔 수 없다. 이럴 때가 아닌 줄 알면서도, 할 수 없다. 아까부터 세차게 뛰고 있던 심장과, 사념으로 바글거리던 머리가 당장이라도 터져 버릴 것 같아서다. 나는 멈춘 자리에서 한 발짝도 더 나아가지 못한 채 그를 본다. 낯설고 무정한 인파 가운데서 격정과 혼란에 휩싸여서 그만 본다. 아직은 어디로도 가 버리지 않은 그를 몰래 본다.

이윽고 서서히 주머니에 왼손을 찔러 넣는다.

2

'누군가 날 지켜보고 있어.'

이 같은 생각을 하며 은호는 손에 들고 있던 노트를 천천히 내렸다. 곧이어 기습적으로 한 방향을 보았다. 하지만 그곳엔 아무도 없었다. 재빠른 움직임이 무색하게도 그의 시선이 닿은 곳엔 사람은커녕 길고양이 한 마리 있지 않았다.

'또야……'

이번에도 허탕이었다. 지난 이 주 동안, 은호는 비슷한 경험을 여러 번 했다. 불현듯 누군가의 따가운 시선이 느껴져 맞받아쳐 보면, 그곳엔 아무도 없었다. 또는 아무 데로나 시선을 던진 채 바쁘게 제 갈 길을 가는 무수한 행인들만 있었다. 특별히 수상한 인물은 보이지 않았다. 착각인가? 처음엔 그렇게 생각했다. 하지만 자꾸 같은 일이 반복되자 더는 스스로의 느낌을 부정하기 어려웠다. 은호는 편의점 창문 너머로 텅 빈 거리를 보며 생각했다.

'아무래도 뭔가 이상해.'

최근에 생긴 이상한 일은 그뿐만이 아니었다. 얼마 전부터 은호는 누군가 자신의 물건에 손을 대고 있다는 인상을 받았다. 단서는 미묘했다. 조금 열어 둔 가방이 닫혀 있거나, 학원 사물함 속 학용품의 위치가 틀어져 있거나, 반질하게 닦아 둔 태블릿 PC 액정에 출처 모를 지문이 덕지덕지 묻어 있는 식이었다. 그런 일들은 실상을 파악하기 애매하고, 딱히 분실된 물건도 없어서 문제 삼기 어려웠다. 하지만 은호의 기분을 꺼림 직하게 만들기엔 충분했다. 어느 순간, 찜찜함에 사로잡힌 은호는 다음과 같은 비상식적인 의심을 품기에 이르렀다.

'혹시 나 스토킹당하고 있나?'

그때 옆자리에 앉아 있던 친구, 선우가 말했다.

"말도 안 돼."

은호는 깜짝 놀라며 되물었다.

"뭐라고?"

그러자 선우가 실의에 빠진 얼굴로 수학 문제집을 들어 보였다.

"기출 말이야. 틀렸던 문제를 또 틀렸어."

"아……. 그 말이었어? 그럴 수도 있지."

"작년엔 그랬지. 근데 이제는 그러면 안 되지 않냐? 에잇, 빨리 먹고 가서 개념부터 다시 봐야지."

선우는 문제집을 거칠게 내려놓고 반쯤 먹은 빵을 덥석 물었다. 그 빵은 이번 주에 처음 출시된 상품이었다. 몇 달 전부터 은호와 선우는 방과 후 독서실로 향하는 길에 근처 편의점에 들러서 간단히 요기를 하고 있는데, 그때마다 선우는 가능한 새로운 간식거리를 집었다. 매일 똑같이 반복되는 하루에 변주를 줄 수 있는 유일한 방법이라며. 반면 은호는 언제나 같은 맛의 삼각김밥만 골랐다.

"너 그거 되게 좋아하더라."

언젠가 선우가 말한 적이 있다.

"그런 편이야."

그때 은호는 이렇게 답했었다. 하지만 사실 되게 좋아하진 않았다. 있으면 먹고, 없어도 아쉽지 않을 정도였다. 그림에도 그가 매번 같은 상품을 고르는 건 일종의 습관 때문이었다. 어려서부터 예민한 아이로 자주 일컬어졌던 은호는 한번 만든 습관을 어지간해서는 바꾸지 않았다. 상당한 에너지를 요하는 변화가 언제나 만족스러운 향상을 보장하지는 않기에, 그는 대체로 안전한 길을 택했다. 그러다 보니 종종 이런 얘기를 들었다.

"넌 참 한결같아."

실제로 은호의 일상은 단조롭고, 취향은 일관적이며, 선택은 예측 가능한 편이었다. 그는 평일엔 학교, 학원, 독서실만 오갔고, 주말엔 학원과 독서실만 오갔다. 취미는 독서고, 특기는 정리 정돈이며, 가장 좋아하는 음식은 집 앞 사거리에서 이십 년 경력의 장인이 만드는 해물탕이었다. 이 선택은 중학교 1학년 때 이후로 바뀌지 않았다.

확실히 은호는 자타 공인 한결같은 사람이었다. 이는 달리 말하면, 누가 얼마나 오래 그를 관찰하든 재미난 일 따위 하나도 목격할 리 없다는 뜻이었다.

'그런데 왜?'

은호는 한 입 거리로 남은 삼각김밥을 입에 넣고, 창문 너머로 시선을 두었다. 그리고 아무도 오가지 않는 한여름의 거리를 보며 생각했다.

'이런 나를 왜?'

오후 8시의 독서실은 조용했다. 여름 방학이 코앞이지만, 면학 분위기는 달라지지 않았다. 방학을 맞이해 특별히 여행 계획을 세우거나 연애를 꿈꾸는 학생은 한 명도 없는 듯했다. 모두가 평소대로 조용히 수학 문제를 풀거나, 영어 단어를 암기했다. 열여덟 살, 대한민국 고등학생으로서 이년 후의 미래를 생각한다면 당연한 일이었다.

이 년 후에 뭘 할 건데? 누군가 묻는다면, 매사 신중한 편인 은호는 이렇게 말할 터였다. 모르겠어요. 현재로서 반드시 이루고 싶은 꿈이 있는 것도 아니고, 설령 있다고 해도 꼭 이룰 수 있는 것도 아니니 말이다. 은호는 장차 자신이 어떤 일을 하게 될지 전혀 예측하지 못했다. 다만 어떤 일이든 성공적으로 해내려면 지금 좋은 성적을 유지하는 게 도움이 되리라는 것은 알았다. 그래서 열심히 공부했고, 제법 우수한 성과를 내었다.

은호는 책상에 놓인 노트를 보았다. 아까 편의점에서 간식을 먹는 김에 보려고 손에 들었다가, 자꾸 딴생각이 드는 통에 한 줄도 보지 못한 그 노트였다. 은호는 마음을 다잡고 인터넷 강의 내용을 요약한 노트 내용에 집중했다. 한 줄 한 줄 찬찬히 읽어 내려갔다. 그런데 단락과 단락 사이에 '왜?', 문장과 문장 사이에 '나를 왜?', 단어와 단어 사이에 '이런 나를 왜?', 또다시 딴생각이 끼어들기 시작하며 좀처럼 한 페이지가 넘어가지 않았다.

"하아."

머잖아 은호는 짧은 탄식과 함께 노트를 내려놓았다. 곧바로 옆자리에 앉아 있던 또래의 학생이 째려보았다. 은호는 시끄럽게 해서 미안하다는 뜻으로 가볍게 고개를 숙였다. 그리고 기왕에 이렇게 된 거 끝까지 가 보자는 심정으로 생각의 고삐를 풀었다.

'이런 나를 왜, 누가 스토킹하는 걸까?'

가장 먼저 떠오른 가능성은 아무래도 이거였다. 짝사랑. 은호에게 반한 또래의 여학생이 은밀히 훔쳐보는 경우였다. 은호가 자아내는 한 번의 표정과 한 번의 눈짓을 놓치고 싶지 않아서. 그런데 가만, 내가 그 정도였던가? 사실 은호의 외모는 딱히 빠지는 곳이 없을 뿐 빼어나다고 할 수는 없었다. 성격적으로 어필하기엔 섬세함도 카리스마도 유머 감각도 부족했다. 잠시간 신중하게 자기 객관화를 마친 은호는 쓸쓸하게 첫번째 가능성을 지웠다.

곧이어 두 번째 가능성이 떠올랐다. 이번 후보는 사랑과는 범주가 극단적으로 달랐다. 범죄, 정확히는 인신매매였다. 어쩌면 스토킹범은 은호와 혈액형이 같으면서, 은호의 특정 장기가 몹시 필요한 사람일지 몰랐다. 아주 절박하고 동시에 무자비한 그는 은호를 납치할 기회를 호시탐탐 노리고 주변을 맴돌다가, 아니 잠깐. 그런데 그 사람은 내 몸에 대한 정보를 어디서 얻었지? 이제껏 은호는 한 번도 건강 검진을 받은 적이 없었다. 아직 세상에 존재하지 않는 정보를 스토킹범이 알수 있을 리 만무했다. 그렇다면……. 은호는 다소 안도하며 두 번째 가능성도 배제했다.

그러자 바로 세 번째 가능성이 부상했다. 바로 비밀 정보기

관의 접근. 그 기관은 아직 은호가 각성하지 못한 어떤 능력을 미리 알아채고……. 아, 됐다.

은호는 고개를 절레절레 저었다. 어째 생각을 하면 할수록 정답에서 멀어지는 기분이 들었다. 차라리 스토킹범 따위는 실재하지 않는다고 여기는 편이 합당했다. 지난 몇 주 동안 느낀 기묘한 시선과 물건의 움직임은 단지 착각이었다고 치부하고 말이다. 따지고 보면, 그런 착각들을 단번에 설명할 방법이 없지도 않았다. 이런 얘길 어떤 책에서 읽었는데…….

'누군가에게 감시당하고 있다는 피해망상.'

이 망상을 주요 증상으로 삼는 병, 바로 조현병이 발병했다고 하면 모두 설명되었다.

"에이, 설마."

은호는 자신도 모르게 혼잣말을 했다. 곧바로 옆자리 학생이 날카로운 눈빛을 쏘았다. 은호는 민망한 얼굴로 고개를 꾸벅한 다음 노트를 다시 손에 쥐었다. 그리고 도저히 읽히지 않는 강의 내용을 억지로 눈에 담으며, 그러고 보니 조현병은 청소년기에 많이 시작된다던데, 갑자기 누군가에게 공격당할 수 있다는 믿음을 지닌다던데, 따위의 멋대로 떠오르는 정보를 애써 무시하려 노력했다. 그때였다.

툭.

갑자기 누군가 어깨를 쳤다.

"으앗."

은호는 소스라치며 뒤를 돌아보았다. 그러자 덩달아 놀란 선우의 얼굴이 보였다. 어느새 가방을 싸서 뒤로 다가온 녀석은 눈을 휘둥그레 뜨고 말했다.

"깜짝이야. 뭔 생각을 그렇게 심각하게 해? 10시야. 집에 가자."

건물 밖으로 나오자 달이 보였다. 최근 들어 해가 길어졌대도 시간이 시간인지라 날은 이미 저물어 있었다. 어두운 횡단보도 앞에서 은호는 평소처럼 선우와 헤어졌다.

혼자 집으로 가는 길은 고요했다. 시원한 밤공기를 마시며 은호는 묵묵히 걸었다. 하지만 겉보기와 달리 머릿속은 어느 때보다 수선했다. 은호는 선우와 함께 있는 동안 잠시 미뤄 뒀던 문제를 슬그머니 다시 불러내었다. 내키지 않지만, 내버려 둘 수도 없기에. 한번 떠오른 이후로 뇌리를 떠나지 않고 빙빙 맴돌며 두통을 유발하는 질문을 본격적으로 조명했다.

'혹시 나한테 조현병이 생겼나?'

만일 그렇다면, 더 정확히는 아니라는 반증을 찾지 못한다면 현재 상황은 긴급 상황으로 보아도 무방했다. 특별히 외우려고 했던 건 아니지만, 어쩌다 보니 잘도 기억하고 있던 심리학책에 따르면 조현병 치료는 초기에 할수록 효과가 좋다니까. 어쩌면 오늘 당장, 집에 도착하자마자 부모님께 상황을 알려야 할지도 몰랐다. 하지만…….

'이런 얘길 어떻게 해야 하지?'

은호는 막막했다. 평소 부모님은 외아들인 그의 일에 관심도 많고 걱정도 많았다. 은호에게 병이 생긴 것 같다고 하면 만사를 제치고 도와주실 것이 확실했지만, 그만큼 충격을 받으실 것도 자명했다. 그 충격을 최대한 상쇄하려면 어떤 분위기에서, 어떤 표정으로, 어떻게 말을 꺼내야 할지 은호는 고민됐다. 머릿속으로 가상의 대화 상황을 몇 개 만들어 보았다. 그러다 부쩍 참담한 기분이 들어서 관두었다. 도대체가 이런 상상을 해야 하는 현실이 믿기지 않았다. 정말 내가 아프다고? 말 그대로 발병 자체를 믿을 수 없었다.

"후우……."

긴 한숨을 내쉬며 은호는 주차장 한복판에 섰다. 아파트 현관에 도착하려면 조금 더 걸어야 했지만 기운이 나지 않았다. 발끝을 내려보며 점점 더 암담한 기분에 빠져들었다. 그런데 그때.

번쩍.

근처에서 플래시 불빛이 터졌다.

눈부시게 발했다가 순식간에 사그라진 섬광은 분명히 플래시 불빛이었다. 누군가 손끝으로 셔터를 눌러야만 터지는 빛.

카메라 주인이 존재해야만 생기는 빛.

깜짝 놀란 은호는 얼른 뒤를 돌았다. 하지만 뒤에는 아무도 없었다. 서늘한 바람만 휘잉 날리고 있을 뿐이었다. 사방이 탁 트인 주차장에서 발소리도 없이 사람이 사라질 수는 없는데. 그 말인즉, 카메라 주인은 애초에 뒤에 있지 않았단 얘기다. 그렇다면 좀 전의 불빛을 설명할 수 있는 방법은 두 가지뿐이었다. 은호에게 처음으로 환각 증상이 생긴 것이거나.

은호는 재빨리 옆으로 달리며 생각했다.

'아니면, 카메라 주인이 뒤가 아닌 옆에 있었거나.'

스토커가 은호의 뒤를 쫓는 대신, 옆에 숨어서 기다리고 있다가 셔터를 눌렀다면 불빛은 설명 가능했다. 마침 은호가 지나던 길목 옆엔 숨기 좋은 놀이터가 있었다.

은호는 빠르게 그리로 향했다. 순식간에 입구를 통과해서 폐장한 놀이동산 못지않게 을씨년스러운 한밤의 놀이터 안으로 들어갔다. 언뜻 볼 때, 주위엔 아무도 없는 듯했다. 누군가의 실루엣이 비치지도, 소리가 들리지도, 기척이 느껴지지도 않았다. 하지만 은호는 확신했다. 조금 전까지 이곳에 분명 누군가 있었다.

은호는 천천히 빈 벤치로 다가갔다. 상대는 꽤나 급히 도망갔던지 벤치 위에 자신의 흔적을 고스란히 남겨 두었다. 얼음이 하나도 녹지 않은 아이스 아메리카노와 실수로 떨어트린

듯한 사진 한 장. 은호는 조심스럽게 사진을 집어 들었다. 그
리고 생각했다.

'다행이야. 역시 나는 스토킹을 당하고 있었어.'

3

앵글 안에 피사체가 들어왔다. 마름모꼴 빛줄기가 드리웠다 사라지고, 수평이 기울었다 제자리를 찾았다. 마침내 원하는 구도를 포착한 도희가 셔터를 눌렀다. 찰칵. 핸드폰 카메라가 하늘색 물감이 칠해진 미완의 캔버스를 찍었다.

가능하면 작업물은 사진으로 남겨 두는 편이 좋아. 그렇게 충고해 준 사람은 작년에 도희가 가장 가고 싶어 하는 대학교에 입학한 친한 언니였다. 그 언니와는 초등학생 때부터 같은 미술 학원에 다녔다. 우리 꼭 프로 아티스트가 되자. 두 사람은 오래전 다짐했고 오랫동안 같은 꿈을 꿨다. 현재 언니는 꿈에 가까워졌고, 도희는 열심히 따라가는 중이다.

"그래서 말인데."

얼마 전, 가족들과 함께하는 식사 자리에서 도희는 선언했다.

"올여름 가족여행에 난 같이 못 갈 거 같아. 요즘 해야 할 일이 너무 많아."

그 말에 부모님보다도 다섯 살 터울의 언니, 오빠가 먼저 반응했다. 평소 쉴 새 없이 다투다가도 막내를 놀려 먹을 때만은 한마음이 되는 쌍둥이 남매는 연달아 말했다. 유난을 떨어요. 예술은 혼자 하세요? 하지만 도희는 주장을 굽히지 않았다. 무엇이든 마음먹은 일은 반드시 관철하고야 마는 그녀는 이미 고2 여름을 입시에만 매진하기로 결정했다.

밤 9시, 한산한 미술 학원에서 도희는 작업을 재개했다. 미완의 작업물을 찍은 핸드폰을 주머니에 넣고, 본격적으로 붓을 들어서 빨간 물감을 묻혔다. 맑은 하늘을 표현한 캔버스 위에 빨간 점 하나를 콕 찍어서 태양을 형상화하기 위해서였다. 도희는 숨을 참고, 심혈을 기울여 붓을 움직이기 시작했다. 그런데 그때, 갑자기 뒤에서 거슬리는 시선이 느껴졌다.

'뭐지?'

도희는 뒤를 보았다. 멀지 않은 곳에 서 있던 선생님과 눈이 마주쳤다.

"집중하고 있는데 미안."

선생님은 콧잔등을 찡그려 미안함을 표하고 얼른 용건을 밝혔다.

"혹시 최근에 은솔이랑 연락한 적 있니?"

"은솔이요?"

은솔은 초등학생 때부터 알고 지낸 친구다. 우리 꼭 프로 아티스트가 되자. 함께 다짐했던 또 다른 동지이기도 하다. 한때 도희와 은솔은 하루도 빠짐없이 붙어 다녔다. 시시콜콜 별시답잖은 얘기를 전부 나누었다. 하지만 언젠가부터, 아마도 작년 겨울부터 두 사람이 연락하는 빈도는 확연히 줄었다. 특별한 계기가 있었던 것은 아니다. 입시에 열중하다 보니 자연스럽게 그렇게 되었을 뿐.

"한동안 연락을 안 하긴 했는데, 갑자기 은솔이는 왜요?"

도희가 물었다.

"저번 주부터 말도 없이 학원에 안 나와서, 혹시 무슨 일이 있나 하고…….."

선생님이 말끝을 흐렸다. 그리고 아는 바가 없으면 신경 쓰지 말라는, 무진장 신경 쓰이는 소리를 덧붙이곤 자리를 떴다. 도희는 다시 붓을 들었다. 하지만 찜찜한 기분에 바로 작업을 잇지 못하고 잠시 생각에 잠겼다. 내가 은솔이와 마지막으로 무슨 얘길 했더라? 전혀 기억나지 않았다. 은솔이를 마지막으로 본 건 언제더라? 역시 기억이 가물거렸다. 바로 그때, 상기된 도희의 뺨에 또다시 누군가의 시선이 꽂혔다.

'또 뭐지?'

도희는 옆을 보았다. 그러자 이번엔 교복을 입은 또래의 여학생과 눈이 마주쳤다. 학원에서 오가며 얼굴을 익히고 겨우 통성명만 나눈 친구였다. 그러니까 저 친구 이름이…… 뭐더라? 도희는 빠르게 머리를 굴렸다. 그러는 사이 '이유미'라고 적힌 명찰을 단 친구가 코앞까지 다가왔다.

"너한테 할 말이 있는데."

유미는 도희의 사색을 방해해서 미안하다는 기색 하나 없이 말했다. 도희가 무슨 생각을 하고 있었든 자신의 얘기보다 중요할 순 없다는 듯 거침없이 용건을 밝혔다.

"아무래도 너, 스토킹 당하고 있는 거 같아."

학원 주변에서 밤늦게까지 영업을 하는 카페는 단 한 곳뿐이었다. 바캉스 콘셉트로 단장한 개인 카페였다. 도희는 구석 자리에 앉아서 주문한 주스가 나오길 기다렸다. 그동안 유미는 카페 곳곳을 돌아다니며 사진을 찍었다. 아마도 SNS에 올리려는 듯했다.

도희의 주변에는 틈만 나면 사진을 찍어 SNS에 올리는 친구들이 많았다. 도희 자신도 조금은 그런 편이었기 때문에 유미의 행동이 크게 거슬리진 않았다. 그보다 그녀가 이제부터 할 말이 신경 쓰였다. 아무래도 너 스토킹 당하고 있는 거 같아. 삼십 분 전 이렇게 운을 떼고, 자세한 얘기는 자리를 옮겨서 하자며 앞장서 이 카페에 온 그녀가 앞으로 무슨 얘기를 어떻게 할지 전혀 감이 오지 않았다.

잠시 뒤, 카운터에 주문한 음료가 나왔다. 유미가 쟁반을 들고 돌아와 맞은편 자리에 앉았다. 곧바로 도희는 벼르고 있던 질문을 던졌다.

"이제 말해 봐. 아까 나한테 한 얘기 확실해?"

유미는 여유를 부렸다.

"확실하지 않으면 말하지 않았지."

"난 전혀 눈치채지 못했는데."

"그럴 거 같았어. 넌 요새 정신이 좀 없어 보이더라."

"근데 나도 모르는 내 일을 넌 어떻게 안 거야?"

도희의 물음에 유미는 즉답하지 않았다. 대신 본인의 핸드폰을 꺼내서 잠시 만진 뒤 건넸다. 액정에는 도희의 SNS 계정이 떠 있었다.

"내 SNS를 챙겨 봤어?"

"보라고 올린 거잖아. 그보다 네 사진들을 잘 봐 봐."

도희는 지시받은 대로 사진을 살펴봤다. 평소 SNS에는 작업물 사진은 일절 올리지 않고 일상적인 사진만 올렸기 때문에 다양한 장소에서 찍은 인물 사진이 많았다. 혼자서 찍었거나 가족들과 찍었거나 학교에서 어울리는 친구들과 찍은 수십 장의 사진들. 그 사진들 어디에도 스토커로 의심되는 수상

27

쩍은 인물은 보이지 않았다.

"봐도 모르겠는데, 뭐가 문제야?"

"집중해서 보라니까. 네 뒤에 계속 걸리는 게 있잖아."

걸리는 것? 사람이 아니란 건가? 도희는 다시 집중해서 사진들을 봤다. 그러자 갑자기 거슬리는 물체 하나가 눈에 들어왔다. 그녀가 교정에 있건, 길에 있건, 음식점에 있건, 서너 사진에 한 번꼴로 등 뒤 혹은 창문 너머에 있는 차 한 대.

번호판이 3003인 하얀색 경차.

"뭐야, 이 차?"

도희는 자신도 모르게 목소리를 높였다.

"말했잖아. 스토커라고."

유미가 당당하게 어깨를 폈다. 어째 자신의 주장이 증명돼서 기꺼워하는 기색이었다. 아니, 이게 그렇게 좋아할 일은 아니지 않나? 도희는 어이가 없었다. 나아가 기가 막혔다. 세상에, 이게 무슨 일이야? 운전면허증을 소지한 어른이 왜 내 뒤를 밟아? 너무 뜻밖의 일이라 현실감이 들지 않았다. 하지만 그런 도희의 반응과 상관없이, 이미 스토커의 존재를 기정사실로 받아들인 유미는 자연스럽게 대화를 진척시켰다.

"소름 끼치지 않아? 이유가 뭐라고 생각해?"

"응?"

"왜 너에게 스토커가 붙은 거 같냐고."

도희는 할 말이 없었다. 바로 이 순간까지 한 번도 생각해 본 적이 없는 문제였으니. 그래서 조금은 멍청한 얼굴을 하고 되물었다.

"그러게. 나를 왜?"

다음 날 아침, 도희는 평소보다 일찍 집을 나섰다. 매일 지나는 등굣길을 조금 더 천천히, 차도 쪽에 붙어서 느긋이 걸었다. 그러다 휙 기습적으로 뒤를 돌았다. 하지만 문제의 차는 보이지 않았다. 학교에 도착할 때까지 몇 번이나 같은 행동을 반복했지만, 비슷한 차는 물론 수상한 차의 그림자도 보이지 않았다. 그럼 그렇지. 무사히 교문을 넘으며 도희는 생각했다.

"나를 왜?"

어젯밤 도희가 얼떨떨하게 되물었을 때, 유미는 기다렸다는 듯 답했다. 추리 만화 속 주인공처럼 눈을 반짝이며 진즉에 생각해 둔 몇 가지 가설을 열거했다. 내용은 크게 두 갈래로 요약됐다. 도희가 삐뚤어진 애정의 대상이 되었거나 무시무시한 범죄의 타깃이 됐다는 것. 흠, 그럴 수 있지. 도희는 경청했다. 하지만 솔직히 진지해지진 않았다. 들으면 들을수록, 자신의 셀카에 수상한 차가 여러 번 찍힌 현실적인 이유는 이것 같았기 때문이다.

'그냥 우연 아니야?'

몇 번이나 도희는 이 말을 하고 싶었다. 그렇지만 실제로 내뱉진 않았다. 그러기엔 눈앞의 친구가 너무 열정적으로 열변을 토해서였다. 남의 일에, 심지어 그다지 친하지도 않은 사람의 일에 이 정도로 신경을 써 주는 건 쉬운 일이 아니다. 평소 도희는 자신의 일도 그같이 고민하지 않았다. 머릿속에 고민거리를 쌓아 두느니 닥쳤을 때 해결하자는 주의라, 자신을 위해 미리 머리를 싸매고 고민해 줬을 유미가 고마웠다. 그 이유가 단지 오지랖이라고 해도 말이다. 그래서 반신반의한 마음을 숨긴 채 미덥지 않은 이야기를 끝까지 들었다.

헤어지기 전, 카페 앞에서 유미는 마지막으로 경고했다.

"뭔진 몰라도 너를 스토킹하는 데는 분명 목적이 있을 거야. 조심해."

그 경고를 잊지 않고, 다음 날 도희는 주변을 살피며 등교했다. 학교가 파한 뒤 학원으로 갈 때도 조심을 기했다. 하지만 내심 예상했듯이 주의를 요할 일은 전혀 일어나지 않았다. 수상한 차가 보이긴커녕, 수상하게 여겨지는 어떤 시선도, 기척도, 기운도 없었다. 그럼 그렇지. 그날 밤 학원에서 나와 집으로 돌아갈 때쯤, 도희는 유미의 경고를 까맣게 잊었다.

그로부터 며칠 뒤, 여름 방학이 한 주 앞으로 다가왔다. 고등학교 2학년 1학기의 끝이 보였다. 다른 말로 이제는 정말 입시 말고 한눈팔 수 있는 건 없다는 뜻이었다. 도희는 하루하루를 바쁘게 보냈다. 학교 수업을 듣고, 그림을 그리고, 수행 평가를 하고, 또 그림을 그렸다. 그동안 유미와 다시 마주칠 일은 없었고, 은솔은 계속 학원에 나오지 않았다. 어제가 오늘 같고, 오늘이 내일 같은 똑같은 날들만 반복됐다.

하지만 그날만은 달랐다.

오후 7시가 되기 전까지 도희는 그 사실을 알지 못했다. 그러다 저녁 식사를 하기 위해 학원 밖으로 나갔을 때에야 무언가 평소와 다르다는 사실을 깨달았다. 그녀에게 위화감을 준 것은 뒤통수에 꽂힌 시선이었다. 도희는 시선을 따라 고개를 뒤로 돌렸다. 그러자 건물 외벽에 기대서 있는 한 남자와 눈이 마주쳤다. 교복을 입은 또래의 남학생.

'누구지?'

도희는 자신을 빤히 보는 남자를 보며 생각했다. 그 순간, 남자가 벽에서 등을 떼었다. 그리고 한 걸음 한 걸음 유유히 다가오기 시작했다. 도희는 피하지 않고 점점 거리를 좁혀 오는 남자를 보며 머리를 굴렸다.

'왜 가까이 오지? 우리가 아는 사이인가? 어디서 만났더라?'

하지만 아무리 봐도 남자의 얼굴은 낯설었고, 교복은 처음 보는 디자인이었으며, 명찰에 수놓인 '박은호'라는 이름은 기억에 없었다.

잠시 뒤, 두 사람은 가까이 마주 섰다. 도희는 잠자코 은호가 입을 열길 기다렸다. 하지만 은호는 아무 말도 하지 않았다. 대신 불쑥, 사진 한 장을 내밀었다. 도희는 얼결에 사진을 받아 보았다. 그리고 깜짝 놀라서 앗, 소리쳤다. 그 사진은 도희의 독사진이었다. 스스로 찍어서 SNS에 올린 사진이 아닌, 누군가 몰래 찍어서 현상한 사진이었다.

4

다홍빛 하늘에 꼬리가 긴 구름이 흘렀다. 은호와 도희는 공원 벤치에 나란히 앉았다. 불과 삼십 분 전 처음 만난 두 사람 사이엔 숨길 수 없는 어색한 기류가 흘렀다. 선선한 바람이 공원을 돌며 환기했지만, 이상하게 벤치 주위의 공기만 갑갑했다.

숨 막히는 정적 속에서 은호는 생각했다. 이제 어쩐담. 며칠 전, 아파트 놀이터에서 스토커의 흔적을 발견했을 때 그는 안도했었다. 다행히 스토커가 실제로 존재하는구나. 하지만 그 사실을 곧장 부모님이나 친구들에게 털어놓지는 않았다. 애매한 정황 증거만 들고 섣부른 소리를 했다가, 사실이 아니면 자신만 실없는 사람이 될 것 같아서였다.

'확실한 증거가 더 필요해.'

그렇게 생각한 은호에게는 마침 단서가 쥐어져 있었다. 텅 빈 놀이터에서 주운 웬 여학생의 사진 한 장. 사진 속 여학생에 대해 알아내는 일은 어렵지 않았다. 명찰이 달린 교복을 입고 있었으므로. '차도희'. 은호는 도희가 스토커 본인이거나 적어도 스토커와 관련 있는 인물일 거라 여겼다. 그래서 인터넷에서 그녀를 찾아 헤매다 하루 만에 그녀의 SNS 계정을 발견했다.

이후 며칠 동안 은호는 도희의 일상을 온라인상으로 염탐했다. 겉보기엔 평소와 다름없이 생활하면서 실제로는 도희의 사진만 보고 또 보았다. 그러면서 한 가지 확신을 가졌다. 이 친구가 내 스토커일 리는 없겠는걸. 은호가 수상한 기척을 느끼고 태블릿 PC에 기록해 둔 시점과 도희가 머나먼 장소에서 자신의 일상 사진을 찍어 올린 시점이 일치하는 경우가 많았기 때문이다. 그럼 이 친구는 스토커와 어떤 관계가 있는 거지? 은호는 계속해서 도희의 뒤를 캤다. 그러다 어느 순간, 한 가지 사실을 눈치챘다. 최근 이 주 사이, 도희의 사진 뒷배경에 같은 차가 반복해서 등장하고 있다는 사실을 말이다.

번호판이 3003인 하얀색 경차.

은호는 태블릿 PC에 기록된 날짜와 도희의 사진에 문제의 차가 등장한 날짜를 대조해 보았다. 확인 결과, 두 날짜는 정확히 빗나갔다.

'설마 한 스토커가 우리 둘을 번갈아 스토킹하고 있는 건가?'

이러한 결론에 다다르자 은호는 슬슬 직접 움직이기로 마음을 먹었다. 지금쯤이면 도희도 스토커에 대해 눈치를 챘을 가능성이 있으니, 직접 대면하면 한편이 될 수도 있다고 여겼다. 그래서 오늘, 수업이 끝나자마자 학교를 나섰다. 독서실을 안 가겠다고? 왜? 의아해하는 선우에게 컨디션이 안 좋다고 대강 둘러댄 뒤 버스 정류장으로 향했다. 그길로 버스를 두 번 갈아타서 도희가 다니는 미술 학원 앞에 도착했다. 그리고 상당한 기다림 끝에, 해가 뉘엿뉘엿 지기 시작할 무렵에야 겨우 당사자를 만났다.

그런데 막상 만난 도희의 반응은 은호의 기대와 달랐다. 1차로 자신의 사진을 보고 소스라친 그녀는 2차로 은호의 용건을 듣고 기겁했다.

"스토커 때문에 날 찾아왔다고?"

그리고 도무지 믿기지 않는다는 얼굴로 소리쳤다.

"스토커가 진짜로 있었다고?"

서서히 주위가 어두워지기 시작했다. 은호는 발끝에 시선을 두고 몰래 한숨을 쉬었다. 아군이 되어 줄 거라고 기대했던 도희는 스토커의 정체를 알고 있기는커녕, 존재조차 정확히 모르고 있었다. 아니, 더 나빴다. 가능성을 인지하고도 관심

을 두고 있지 않았다. 이래서야 다시 원점인데. 은호는 실망
감을 감추며 거듭 생각했다. 이제 어쩐담.

그동안 도희는 여전히 충격에 빠져 있었다. 새하얀 캔버스
같은 텅 빈 머릿속에 같은 문장이 반복해서 쓰이고 또 쓰였다.
스토커가 진짜로 있었다고? 머잖아 머릿속이 깜지처럼 새까
매졌다. 그때쯤 귀퉁이에 슬그머니 새 문장이 하나 쓰였다.

'왜 나한테 이런 일이 생긴 거지?'

하지만 곧 정정됐다.

'아니지. 나한테가 아니지.'

도희는 정정된 문장을 소리 내서 말했다.

"왜 우리한테 이런 일이 생긴 거지?"

그리고 아까부터 실망감을 고스란히 드러내며 한숨을 푹푹
내쉬고 있는 은호를 보았다. 갑자기 질문을 받은 은호는 고민
스러운 내색을 하다가 곧 입을 열었다. 도희의 질문에 답하기
위해서가 아니라, 본인이 새 질문을 던지기 위해서.

"너 중학교 어디 나왔어?"

"응?"

"중학교 말이야."

뜬금없는 질문에 도희는 당황했다. 하지만 일단 답했다.

"은광중학교."

"거기가 어딘데?"

"여기서 오 분 거리에 있는 학교야. 이 동네 애들은 다 거기 출신이야. 넌 어디 나왔는데?"

"재명중학교."

"처음 들어 보는데."

도희가 금시초문이란 얼굴을 했다. 그때 은호가 가방에서 태블릿 PC를 꺼냈다. 그리고 메모장을 펼친 채 질문을 이었다. 초등학교는 어디 나왔어? 계속 이 동네에서 살았어? 태어난 곳은 어디야? 도희는 별안간 시작된 질문 세례의 목적을 바로 눈치챘다. 지금 은호가 하고자 하는 일은 두 사람 사이의 접점을 찾는 것이었다. 도희는 순순히 답했다. 새빛초등학교. 여섯 살에 이사 왔어. 그 전에 살았던 곳은 금문동이야. 뒤이어 도희도 떠오르는 질문들을 마구 던졌다. 학원은 어디 다녀? 친구들하곤 어디서 놀아? 최근에 여행 간 곳은 어디야?

한동안 은호와 도희는 핑퐁 게임을 하듯이 질문과 답변을 주고받았다. 하지만 은호의 메모장이 빼곡해지도록 떠들어도 목적은 쉬이 달성되지 않았다. 두 사람이 십팔 년 동안 지나온 인생의 궤도는 달라도 너무 달랐다. 사는 곳도, 살았던 곳도, 다녔던 학원도, 스쳤던 여행지도, 취미도, 취향도, 관심사도 무엇 하나 맞지 않았다. 심지어 서로 핸드폰을 바꾸어 저장된 연락처를 훑어봤지만 겹치는 이름 하나 없었다.

"이래서야 답이 안 나오겠는데."

은호가 고개를 저으며 말했다. 도희는 끄덕였다가 이내 갸웃했다.

"근데 우리가 꼭 답을 내야 할까?"

"무슨 소리야?"

"생각해 봐. 정체불명의 스토커가 우리 주위를 맴돌고 있다면 그 이유가 중요해? 그냥 잡아 버리면 그만이잖아. 그 일을 할 사람은 우리가 아니라 경찰이고."

"그야 그렇지만."

은호는 찬찬히 설명하려 했다. 현재 두 사람이 가지고 있는 빈약한 단서만으로는, 그러니까 누군가 지켜본다는 느낌과 난데없이 터진 플래시 불빛과 놀이터에서 주운 사진과 셀카 몇 장에 찍힌 자동차 같은 단서만으로는, 진지하게 스토킹 신고를 하기 어렵다는 현실을 밀이다. 하지만 도희의 행동은 은호의 말보다 빨랐다. 그녀는 은호가 설명을 시작하기도 전에 핸드폰을 꺼내서 112 번호를 눌렀다.

"안녕하세요. 스토킹 신고를 하려는데요."

대뜸 이렇게 통화를 시작한 도희는 자기소개를 하고, 장난 전화가 아니라고 힘주어 말한 다음, 본격적인 신고 접수를 했다. 정확히 은호가 짚은 대로, 수상한 느낌과 불빛과 사진과 자동차에 대하여 장황하게 주절거렸다. 그리고 십오 분 뒤, 어두운 낯빛으로 전화를 끊었다.

"뭐래?"

은호가 물었다.

"알겠대."

도희가 답했다. 그런데 신고를 접수한 마음이 그다지 편치 않았다. 성실한 경찰이 범죄 스릴러를 즐겨 보는 예민한 고교생의 기우를 원칙적으로 들어준 느낌이 들어서였다. 솔직히 얘기를 하다 보니 도희 자신도 자신의 사건이 변변치 않게 여겨졌다. 증거도 없고, 위협도 없고. 만일 자신이 경찰이라면 더 위험하고 시급한 사건에 한정된 시간과 자원을 쓸 것 같았다. 그제야 도희는 깨달았다.

'경찰만 믿고 있을 수 없겠는걸?'

바로 그때 은호가 도희의 생각을 꿰뚫어 본 것처럼 물었다.

"자, 이제 어떡할래?"

도희는 대답을 미루며 하늘을 올려보았다. 어느덧 깜깜해진 하늘에 노란 달이 떠 있었다. 그 달을 보자 잊고 있던 한 가지 일이 떠올랐다. 도희는 의식의 흐름대로 답했다.

"늦었지만 일단 저녁밥을 먹자."

5

밤 9시, 공원 인근 국숫집 문이 열렸다. 밥때가 지난 시간이지만 아는 사람은 다 아는 동네 맛집이라 그런지 손님이 제법 있었다. 은호와 도희는 창가에 자리를 잡고 앉았다. 그리고 많은 사람들이 먹고 있는 여름 특선 메뉴를 시켰다.

오래지 않아 시원하게 말아진 열무김치국수가 나왔다. 은호와 도희는 조용히 식사를 했다. 침묵 속에서 쉬지 않고 면발만 삼켰다. 밥때를 놓친 탓에 배가 고파서기도 했고, 이미 공원에서 한바탕 수다를 떤 터라 할 말이 동나서기도 했다. 두 사람은 더 이상 서로에게 궁금한 것이 없었다. 오늘 처음 만난 사이지만 대신 일대기를 써 줄 수 있을 만큼 서로의 인생을 낱낱이 알 것 같았다. 그 일대기에서 빠지는 부분이라곤 오직 유년기뿐이었다. 생후 고작 몇 년. 스스로 기억하려야 기억할 수 없는 시간.

'그러고 보니 내 최초의 기억이 뭐지?'

은호는 면발을 우물거리며 생각했다. 머릿속에서 일생의 타임라인이 빠르게 역재생되더니, 금방 한 장면이 떠올랐다. 울창한 나무들이 듬성하게 선 푸르른 풀밭에서 올려다보는 별 박힌 하늘. 아마도 어린 은호는 산속에 누워 은하수를 보고 있는 듯했다. 사방에서 풀 내음이 났고, 어딘가에서 풀벌레 소리가 들렸다. 그리고 곁에는 이상하게 얼굴은 떠오르지 않지만 지금보다 앳된 느낌이 드는 부모님이 있었다.

'역시 부모님과 상의해야 하나?'

은호는 생각을 이어 갔다. 여전히 스토커의 실체는 증명하기 어려웠지만 도희와의 접점을 찾으려면 그 수밖에 없을 것 같았다. 은호가 지닌 최초의 기억보다 더 오래된 유년기에 있었던 일들에 대해서 알려면 말이다. 그때였다. 갑자기 도희의 목소리가 들렸다.

"혼자서 무슨 생각을 그렇게 해?"

은호는 생각을 끊고 도희를 보았다. 그리고 솔직히 답했다.

"부모님에게 너에 대해 물어볼까 생각했어. 우리가 왜 같이 스토킹을 당하고 있는지 알아내려면 이제 그 방법 말곤 없으니까."

그 말에 도희가 지금 무슨 소리를 하느냐는 표정을 지었다.

"아니야. 더 좋은 방법이 있어."

"뭔데?"

"스토커에게 직접 물어보는 거야."

잠시나마 진짜 좋은 방법을 기대했던 은호는 실망한 티를 내며 말했다.

"무슨 수로."

그때 도희가 자신의 핸드폰을 불쑥 보였다. 액정에는 그녀의 SNS 계정이 떠 있었다. 수많은 사진들의 상단엔 방금 업로드된 사진 한 장이 있었다. 국수집 테이블에 마주 앉아 있는 은호와 도희, 두 사람의 셀카였다.

"뭐야? 이걸 언제 찍은 거야?"

은호는 멍하니 사색에 빠진 사진 속 자신을 보며 외쳤다가 금방 질문을 바꿨다.

"아니, 이걸 왜 올린 거야?"

도희는 뻔하지 않냐는 듯 대수롭잖게 답했다.

"왜는. 요즘 세상에 스토커가 우리 뒤만 졸졸 쫓아다녔겠어? 당연히 SNS도 염탐했겠지. 아마 지금도 보고 있을걸? 우리가 같이 있는 줄 알면 분명 관심을 가질 거야."

"그래서 여기 찾아오기라도 할 거라는 거야?"

"최소한 근처까진 오지 않을까?"

"설마 그렇게 무모하겠어?"

"스토킹 자체가 무모한 일 아냐? 이제껏 우리를 따라다닌 목적이 있다면 이때쯤 제대로 한번 등장해 주서야지. 밑져야 본전인데, 일단 기다려 보자. 그 하얀색 차를."

이렇게 멋대로 할 일을 결정한 도희는 새빨간 국물을 떠먹으며 창밖을 곁눈질했다. 할 수 없이 은호도 함께 수저를 놀리며 눈알을 굴렸다. 그렇게 두 사람은 스테인리스 그릇이 바닥을 보일 때까지 천천히 시간을 때웠다. 하지만 기다리는 차는 쉬이 나타나지 않았다. 10시 오 분 전, 국수집이 문을 닫기 직전까지도 전혀 나타날 기미가 없었다.

"역시 안 될 일이었나……."

그제야 도희는 머리를 긁적이며 머쓱해했다. 하지만 은호는 그 말에 대꾸하지 않았다. 이럴 줄 알았다든지, 그래도 해 볼 만한 시도였다든지 떠드는 대신 잠자코 창밖만 봤다. 정확히 도로 건너편 카페를. 그 카페의 창가 자리에서 야밤에 새까만 선글라스를 끼고, 아이스 아메리카노를 마시고 있는 단발머리 여자를 봤다.

여자의 얼굴은 창밖을 향해 있었다. 선글라스 때문에 정확히 어디를 보고 있는지 알 수 없었지만 이상하게 은호는 여자가 자신을 보고 있는 것 같다고 느꼈다. 아무래도 뭔가 거슬리는데……. 은호는 속으로 중얼거렸다. 바로 그때, 갑자기 여자가 천천히 자리에서 일어났다.

"저기……."

그 시점에 은호는 조심스레 도희를 불렀다. 길 건너에 있는 수상한 여자에 대해 말해 줄 참이었다. 하지만 이번에도 도희의 행동은 은호의 말보다 빨랐다.

"뭐야? 저 여자!"

이렇게 외치며 벌떡 일어난 도희는 순식간에 출입문 쪽으로 달려갔다. 그와 동시에 여유롭게 움직이던 단발머리 여자의 행동거지도 빨라졌다. 그녀는 재빨리 카페 밖으로 나가 도망치듯 거리를 달렸다. 그 뒤를 도희가 바짝 추격했다. 두 여자의 돌발 행동에 당황한 은호는 엉거주춤 일어나더니 한발 늦게 달밤의 뜀박질에 동참했다.

어두운 밤거리를 도희가 질주했다. 앞서 달리는 여자가 어느 방향으로 가든 당황하지 않을 자신이 있었다. 이 동네는 도희의 손바닥 안이니까. 문제는 속도였다. 중학생 때까지 도희는 운동회 날마다 계주 선수로 선출될 만큼 달리기를 잘했다. 그런데 최근엔 매일 앉아만 있었더니 몸이 예전 같지 않았다. 이건 좀 당황스러운데? 도희는 뜻대로 구르지 않는 다리를 이악물고 굴렸다. 그럼에도 여자와의 거리는 좀처럼 좁혀지지 않았다.

'이러다 놓치겠네.'

숨이 턱 끝까지 차오른 도희는 생각했다. 하지만 다행히 그 때쯤 여자도 지쳤는지 눈에 띄게 속도를 줄였다. 그리고 다급하게 주위를 살피다 무작정 좌측에 있는 한 건물로 향했다. 공실이 많은 5층짜리 신축 건물이었다. 드문드문 입점한 가게들은 이미 하루치 장사를 마치고 소등한 터라 밖에서 볼 때 창문은 전부 새까맸다. 유리문 너머 복도도 어두컴컴했다. 누가 봐도 출입을 금지하는 상태였다. 그렇지만 막상 여자가 문을 밀었을 때, 문은 저항 없이 열렸다. 여자는 건물 안으로 쏙 들어갔다. 놓칠세라 도희도 따라서 들어갔다.

타다다닥. 건물 안에 둔탁한 소리가 울려 퍼졌다. 여자는 불 꺼진 1층 복도를 통과해 계단을 올랐다. 똑같은 경로로 도희가 쫓아갔다. 어둠 때문에 여자의 모습이 잘 보이지 않았지만, 발소리 덕분에 그녀가 계속 계단을 오르고 있다는 사실을 알 수 있었다.

도희는 소리에 집중했다. 타다다닥. 여자는 2층과 3층을 쉬지 않고 올랐다. 그리고 4층에 이르렀을 때, 타다아아. 소리는 더 이상 위로 이어지지 않고 옆으로 멀어졌다. 이를 눈치챈 도희는 4층에 도착하자마자 발길을 틀었다. 계단이 아닌 복도에 들어섰다. 그 순간.

뚝.

갑자기 발소리가 끊겼다. 동시에 긴 복도의 깊고 짙은 어둠이 눈앞에 펼쳐졌다.

뭐야……. 본능적으로 위협을 느낀 도희는 걸음을 세웠다. 그리고 황급히 핸드폰을 꺼내서 플래시 버튼을 눌렀다. 바로 그때, 등 뒤에서 누군가의 기척이 났다. 상대는 순식간에 도희를 붙잡고 입을 틀어막았다. 악, 소리를 지를 때를 놓쳐 버린 도희는 윽, 신음을 하며 그 와중에 무사히 켜진 플래시 불빛을 뒤로 향해 상대에게 비추었다.

"그것 좀 꺼 줄래?"

눈부신 불빛을 정면으로 받은 은호가 눈을 찡그리며 속삭였다. 도희는 너였냐는 얼굴로 플래시를 껐다. 그러자 은호가 걸음을 뗐다. 도희가 어디로 튈지 불안한지 조심스레 소매 끝을 잡고 4층에서 가장 으슥한 공간으로 데려갔다. 그곳은 남자 화장실이었다.

"야! 날 여기로 데려오면 어떡해!"

화장실에 들어가서야 겨우 자유의 몸이 된 도희가 따졌다.

"뭐, 어때. 어차피 아무도 없는데."

은호가 어깨를 으쓱했다.

"그게 아니고. 도중에 날 잡아서 데려오면 어떡하냐고. 그 여자를 완전히 놓쳐 버렸잖아!"

도희가 답답하다는 표정을 지었다. 그러자 은호가 더 답답하다는 내색을 했다.

"당연히 놓쳐야지. 사람 많은 공공장소도 아니고 이런 폐쇄된 건물에서 정체도 모르는 사람을 붙잡아서 어쩌잔 거야? 진짜로 위험한 사람이면 어쩌려고 그래?"

"위험해 봤자지. 여자 혼잔데."

"어떻게 확신해? 공범이 있을 수도 있잖아. 우릴 일부러 여기로 유인할 걸 수도 있고."

"이렇게 걱정이 많아서야. 전엔 어떻게 추격을 했대? 너도 놀이터까지 따라갔다고 했잖아."

"그때랑은 상황이 다르지. 그땐 나한테 정신병이 생긴 줄 알고 제정신이 아니었다고. 그치만 지금은 신중하게 움직일 수 있잖아. 안전하게! 정보를 모으면서!"

은호의 항변에 도희가 동의하지 않는 얼굴로 삐죽거렸다. 하지만 바로 맞불을 놓는 대신, 조금 떨어져 서서 못마땅하게 중얼거렸다.

"오늘 처음 본 사이지만, 이거 하난 확실히 알겠다. 넌 생각이 너무 많아."

은호는 팔짱을 끼고 받아쳤다.

"넌 너무 없어."

"많은 것보다 낫지. 지나친 생각의 끝이 뭔지 알아? 자기 연민 아니면 자기혐오야."

"지나치게 생각이 없으면, 그런 거에 빠지기 전에 죽어."

"참나. 대체 내가 이런 너랑 왜 엮인 거야?"

"나야말로 알고 싶다."

한 치의 양보 없이 말씨름을 하던 은호와 도희는 그쯤에서 말을 아꼈다. 계속 다퉈 봐야 서로 입만 아파서였다. 소강상태를 맞은 화장실에 침묵이 찾아왔다. 처음 만났을 때보다 더 불편하고 어색한 공기가 흘렀다. 몇 분이 지났을까, 은호가 먼저 입을 열었다.

"슬슬 나갈래?"

과연 언제까지 이러고 있을 수는 없는 노릇이었다. 도희는 순순히 앞장서 나갔다.

두 사람은 핸드폰 플래시에 의지해서 천천히 1층까지 내려갔다. 그리고 들어왔던 유리문을 찾아서 손바닥으로 밀었다. 그런데, 어라? 문이 열리지 않았다. 문고리를 붙들고 더 힘차게 밀어 보아도, 반대로 당겨 보아도 여전히 열리지 않았다. 설마. 은호와 도희는 커진 눈으로 서로를 보았다. 그때 문 너머에서 한 사람이 다가왔다. 은호와 도희는 동시에 고개를 앞으로 돌렸다. 그리고 유리 한 장을 사이에 둔 채 바깥에 선 사람과 대치했다.

"오밤중에 성가시네."

세 사람 중 가장 먼저 입을 연 사람은 바깥에 있는 사람이었다.

"어째서 너희가 여기에 있는 거야?"

그는 상당히 언짢아 보였다. 그럴 만했다. 은호와 도희는 반박하지 않고 얌전히 시선을 내렸다. 기껏 잠근 문을 다시 열려고 돌아온 건물 관리인이 화를 내는 건 당연했으니.

"하여간 요즘 애들이란."

깡마른 관리인은 잠금장치를 풀면서 호통을 쳤다.

"남의 건물엔 왜 숨어든 거야? 사유지 침입은 범죄인 거 몰라? 괜히 안에서 사고라도 쳤어 봐. 니들 인생만 종 치는 줄 알아? 엄한 내 인생도 같이 종 칠 뻔했다고!"

관리인은 분이 풀리지 않는지 계속 소리쳤다. 그러다 혼잣말처럼 한마디를 중얼댔다.

"웬 아가씨가 애들이 있다고 알려 줘서 망정이지."

아가씨? 은호와 도희는 의미심장한 눈빛을 교환했다. 그때 문이 열렸다.

"썩 나와! 다신 여기에 얼씬도 하지 마!"

무사히 밖으로 나온 은호와 도희는 죄송합니다, 하고 허리를 숙여 사과하고는 더 혼이 나기 전에 서둘러 자리를 떴다.

건물에서 멀어져 큰길로 들어서자 주변이 밝아졌다. 아직 문을 연 가게와 거리를 오가는 행인들이 제법 있었다. 그제야 마음이 놓인 은호와 도희는 걸음을 늦추고 조금 전 상황을 되

짚었다.

"아저씨가 말한 아가씨는 분명 그 스토커겠지?"

"그렇겠지. 근데 왜 그랬을까?"

"글쎄. 알고 보면 그다지 나쁜 사람이 아니어서?"

"나쁜 사람이 아니면 왜 그렇게 필사적으로 도망을 간 건데?"

"모르지. 그보다 도망을 갈 거면 말이야. 애초에 왜 나타난 거야?"

두 사람의 대화엔 질문만 있고, 답변이 없었다. 어째 대화를 하면 할수록 물음표만 쌓여 갔다. 이대로는 어떤 궁금증도 해소될 리 만무했다. 그즈음 그들은 자연스레 깨달았다. 오늘은 이만 헤어질 때였다.

밤 11시, 은호와 도희는 가로등이 환하게 밝히는 아무도 없는 버스 정류장에 도착했다. 나란히 의자에 앉아서, 저녁 내내 혹사한 머리를 텅 비우고, 온몸에 잠시 힘을 뺐다. 그때, 아무것도 담을 의지가 없는 그들의 눈에 차도 건너편에 있는 전광판이 들어왔다. LED 조명이 너무 눈부셔서 시선을 안 뺏기려야 안 뺏길 수가 없었다. 전광판에는 광고가 떠 있었다. 신상 수영복을 입은 모델들이 바닷가에서 포즈를 잡고 있었다.

"바다네."

은호가 무미건조하게 말했다.

"응. 바다다."

도희가 따라서 대꾸했다. 그리고 기계적으로 물었다.

"바다 좋아해?"

"그런 편이야. 너는?"

"나는 별로."

순간 픽, 은호의 입에서 웃음이 샜다.

"뭐야, 이마저도 안 맞는 거야? 웬만하면 바다는 다 좋다고 하지 않아?"

하지만 도희의 표정은 변하지 않았다. 그녀는 진지하게 답했다.

"뭐 딱히 싫어하는 것도 아니야. 애초에 좋다 싫다 생각해 본 적이 없거든. 난 살면서 한 번도 바다에 가 본 적이 없어."

"어?"

곧바로 은호가 큰 소리를 내며 눈을 동그랗게 떴다. 뜻밖의 격한 반응에 도희가 움찔했다.

"왜 그래? 못 가 봤을 수도 있지. 우리 집은 옛날부터 산으로만 여행을 갔거든. 내가 몇 번 바다에 가자고 제안했었는데 가족회의에서 항상 묵살당했어. 무슨 트라우마가 있는지 언니, 오빠 둘이 결사반대를 하더라고. 근데 그게 그렇게 이상한 일이야?"

"아니. 이상해서가 아니라."

은호는 여전히 놀라움이 가시지 않은 얼굴로 말했다.

"나도 똑같아서. 나도 지금까지 한 번도 바다에 가 본 적이 없거든."

"응? 방금은 바다를 좋아한다며."

"안 가 봐도 좋아할 수 있잖아. 사진이나 영상으로 보는 걸 좋아한다고. 근데…… 희한하네. 살면서 나 말고 바다에 가 본 적이 없다는 사람은 처음 봐."

"보통은 어릴 때 가족이랑 가니까."

"그렇지. 근데 우리 집도 여행은 늘 산으로만 가서……."

은호가 말끝을 흐렸다. 도희는 눈을 빛냈다. 바로 그 시점에, 저 멀리 도로 끝에서 은호가 타야 할 버스가 나타났다. 은호는 천천히 자리에서 일어나며 말했다.

"한 번도 바다에 가 본 적이 없다라."

도희가 따라 일어나며 의미심장하게 말을 받았다.

"처음으로 찾은 우리의 공통점이네."

6

한 명의 스토커를 공유한 한 쌍의 고교생. 은호와 도희는 십
팔 년 인생에서 가장 정신없고 가슴 졸이는 저녁나절을 보낸
끝에 겨우 한 가지 공통점을 발견했다. 도대체 그 일이 스토커
의 출몰과 어떤 연관이 있는지 모르겠고, 사실은 아무 연관이
없을 확률도 적지 않지만, 어쨌든 그들은 간신히 찾은 정보에
희망을 걸었다. 그 일을 파고들다 보면 스토커의 정체와 목적
을 알 수 있으리라고 생각했다.

그래서였다. 헤어질 당시 이미 녹초가 됐던 은호와 도희가
그 밤이 채 가기도 전에 다시금 조사에 나선 건. 둘 중 먼저 행
동을 취한 사람은 은호였다.

자정이 되기 직전, 은호는 집으로 돌아왔다. 그때 은호의 부
모님은 거실 소파에서 TV를 보고 있었다. 어서 와, 아들. 오늘

도 고생 많았어. 은호는 따뜻하게 맞아 주는 부모님에게 인사한 다음 평소처럼 방으로 향하는 대신 거실 한복판에 섰다. 본격적으로 스토커 문제를 상의하기 위해서였다. 불과 오늘 아침까진 스토커의 존재가 분명치 않아 말을 아꼈지만, 두 눈으로 그 존재를 확인하고 추격까지 한 마당에 더는 조심할 이유가 없었다.

"엄마, 아빠. 나 할 말이 있는데."

은호는 자연스럽게 대화를 전개해 보려고 우선 가장 가벼운 질문부터 던졌다.

"우리 집은 왜 바다로 휴가를 가지 않아?"

곧바로 엄마가 답했다. 그건 왜? 이어서 아빠도 답했다. 갑자기 그걸 왜 물어? 급속도로 얼굴 근육이 냉각되어 버린 듯 딱딱하게 일그러진 표정을 지으며. 부모님은 두 눈을 깜빡이지 않고 은호를 빤히 보았다. 그 순간, 거실에 묘한 정적이 흘렀다. 무시하기에는 지나치게 농밀하고 거북한 정적이 몇 초간 흐른 뒤, 은호는 얼어붙은 분위기를 깨고 대꾸했다.

"아무 일도 아니야."

그길로 입을 꾹 다물고 자신의 방으로 향했다. 그 시각, 도희는 자신의 방이 아닌 옆방에 있었다. 그 방은 창고로 쓰는 방이었다. 은호보다 일찍 귀가한 도희는 이미 취침 중인 부모님을 보고, 스토커 문제는 내일 상의해야겠다고 결정했다. 그리고 침대에 누웠다가 잠들기 직전에 문득 이런 생각을 하고 일어났다.

"어쩌면 나랑 은호는 아주 어렸을 때, 어느 휴가지에서 만난 적이 있지 않을까?"

곧장 도희는 창고 방으로 들어가 책장에 꽂힌 앨범들을 전부 꺼냈다. 쌍둥이 언니, 오빠가 태어난 해부터 작년까지 한 해도 빠짐없이 부모님이 만들어 둔 가족 앨범이었다. 도희는 빠르게 낱장을 넘기며, 혹시나 휴가 사진 속에 우연히 은호가 찍혀 있나 살펴봤다. 하지만 푸르른 산을 배경으로 한 수많은 사진 어디에도 은호이거나 은호로 추정되는 남자아이는 보이지 않았다.

'잘못 짚었나?'

다섯 번째 앨범을 덮을 때쯤 도희는 생각했다. 그렇지만 기왕 시작한 일 끝까지 해 보자는 마음으로 계속 사진들을 보았고, 새벽이 밝아 올 무렵 마지막 앨범을 덮으며 확신했다.

'잘못 짚었네.'

확실히 이십여 년간 축적된 도희네 가족 앨범에는 은호가 없었다. 그런데 알고 보니, 없는 것은 은호뿐만이 아니었다. 이상하게도 한 해의 휴가철 사진 또한 통째로 없었다. 그해는 십이 년 전이었다.

"우리 가족은 바다로 여행을 간 적이 있을 거야."

은호가 핸드폰 너머로 말했다. 물증은 없지만 강력한 의심이 들었다. 휴가지에 의문을 표하자마자 괴이할 정도로 과민 반응을 했던 부모님의 모습이 심증을 뒷받침했다.

"그 바다엔 우리 가족도 있었겠지? 그때는 십이 년 전일 테고."

도희가 말했다. 십이 년 전, 그러니까 은호와 도희가 여섯 살이던 해, 어떤 유별난 일이 있지 않았고서야 그해의 휴가 사진만 통째로 없을 리 없었다. 도희의 부모님은 여가 활동에 진심이라 이제껏 한 해도 여름휴가를 거른 적이 없다고 몇 번이나 이야기했으니까.

"그런데 대체 그 일이 뭘까?"

"그러게. 그때 그 바다에서 무슨 일이 있었던 거야?"

은호와 도희는 대화를 한 발짝 진전시켜 보았다. 그러자 바로 침묵이 찾아왔다. 독서실 건물 앞에 서 있던 은호도, 미술학원 복도를 서성거리던 도희도 핸드폰을 켠 채 한마디도 하지 않았다. 대관절 휴가 중에 무슨 일이 생기면 두 가족이 다시는 바다에 가지 않게 되고, 남은 사진마저 모조리 없애 버린단 말인가. 도저히 그럴듯한 가설이 떠오르지 않았다. 나아가 자신들보다 열 살 정도 많아 보였던 여자 스토커가 그 일에 어떤 식으로 엮였는지는 더욱 상상할 수 없었다. 할 수 없이 은호와 도희는 대화를 도로 후퇴시켰다.

"일단은 우리의 만남에 집중해 볼까?"

"그러자. 여섯 살 때 우리가 맨 처음 만난 바다는 어딜까?"

이 질문에 답을 얻기 위한 가장 쉬운 방법을 두 사람은 이미 알고 있었다. 바로 각자의 부모님에게 물어보는 것이었다. 하지만 그 방법은 일단 젖혀 두었다. 정황상 부모님이 비밀에 부치려 했던 일을 묻기는 조심스러웠다.

그렇다고 전국에 있는 바다를 일일이 조사할 수는 없었다. 어젯밤 은호가 알아본 바에 따르면, 우리나라에는 지정 해수욕장이 200개가 넘었다. 비지정된 곳까지 합하면 그 수가 350개에 달했다. 그 모든 장소에 십이 년 전 방문 여부를 알아보는 일은 현실적으로 불가능했다. 어떻게든 범위를 좁힐 필요가 있었다.

"단서가 필요해."

은호와 도희는 같은 의견을 내었다. 마침 그들의 머릿속에 단서가 적혀 있을 물건이 하나씩 떠올랐다. 그 단서를 남겨 둔 사람은 다름 아닌 가족들이었다.

은호의 아빠는 사업을 했다. 업무상의 이유로 뭐든 잡다한 일을 기록하고 저장하는 습관을 가지고 있었다. 다이어리, 메모장, 가계부, 심지어 포스트잇까지. 아빠가 남긴 기록물들은 서재에 있는 책상 서랍에 모여 있었다. 한편, 도희의 부모님은 맥시멀리스트였다. 원래도 좀처럼 물건을 버리지 못하는데, 자식들과 관련한 물건이라면 더했다. 물론 십이 년 전, 초등학생이었던 쌍둥이 자식들이 쓴 일기장도 보관 중이었다. 그 일기장들은 창고 방의 어느 박스에 잠들어 있었다.

"찾아보자."

은호와 도희는 뜻을 모았다. 은호네 집 책상 서랍은 언제나 자물쇠로 잠겨 있고, 도희네 집 창고엔 너무 많은 박스가 쌓여 있다는 난관이 있었지만, 그럼에도 각각 다이어리와 일기장을 손에 넣어 보기로 했다. 분명 그 안에는 십이 년 전 휴가에 대한 단서가 적혀 있을 테니.

"그럼 찾아보고 연락할게."

단 하루 만에 서로의 유일한 동지가 된 은호와 도희는 그렇게 첫 통화를 끊었다.

바로 다음 날부터 두 사람은 수시로 연락을 주고받았다. 낮에는 주로 스토커와 관련한 얘기를 나눴다. 각자 주위를 살피며 스토커가 누구에게 가 있는지 파악하고자 했다. 반면 밤에는 단서와 관련한 얘기만 나눴다. 가족들이 모두 잠든 시간에 몰래 집 안을 돌아다니며 자물쇠 숫자를 몇 번까지 맞추었는지, 박스들을 얼마나 뒤졌는지 추이를 보고했다.

그렇게 사흘이 지났을 무렵이었다. 은호와 도희는 한 가지 사실을 알아차렸다.

[혹시 눈치챘어?]

[너도?]

두 사람이 낮 동안 주고받은 메시지에 따르면, 스토커는 은호에게 찾아간 적이 없었다. 도희에게 찾아간 적도 없었다. 한밤의 추격전 이후, 양쪽 모두에서 사라졌다. 뒤늦게 그 사실을 깨달은 은호와 도희는 기막혀했다.

[아니, 누구 마음대로 아무 설명도 없이 사라져?]

스토커가 갑자기 자취를 감춘 이유는 갑자기 등장했던 이유만큼이나 불명확했다. 어느 틈에 당초의 목적을 달성해서일 수도 있고, 뒤늦게 정체가 탄로 날까 두려워져서일 수도 있었다. 뭐가 됐든, 은호와 도희는 반드시 알아야 했다.

[그래서 정체가 뭐였던 거야?]

[목적은 뭐였던 거고?]

안 그래도 거슬렸는데 알아서 사라져 주었으니 잘되었다고, 하룻밤 꿈처럼 깨끗이 잊어버리자고 할 수는 없는 노릇이었다. 세상엔 모르면 몰랐지, 한번 알게 된 이상 결코 모른 척할 수 없는 일도 있으니까. 은호와 도희는 의욕을 불태우며, 그날 밤부터 더 열심히 단서를 찾았다. 그리고 이틀 뒤, 마침내 성과를 거뒀다.

새벽 2시, 도희는 낡디낡은 박스에서 언니, 오빠가 초등학교 4학년 때 쓴 일기장을 발견하고 속으로 쾌재를 불렀다. 그리고 서둘러 언니의 일기장부터 펼쳤다. 여름 방학 숙제 때문에 마지못해 작성된 일기의 내용은 기대 이상으로 상세했다. 어디서 누구와 뭘 했는지가 구체적으로 적혀 있었다. 정갈한 글씨로 또박또박, 딱 사흘 치만.

다음은 전부 백지였다. 도희는 서둘러 오빠의 일기장을 펼쳤다. 하지만 상태는 비슷했다. 아니, 비슷한 정도가 아니라 똑같았다. 앞에 삼 일의 내용은 토씨까지 그대로였고, 뒤에는 백지였다. 필시 둘 중에 한 명이 베낀 것이었다. 아…… 도희는 남매에게 무턱대고 희망을 걸었던 스스로를 책망하며 일기장들을 본래 있던 자리에 돌려놓았다. 그리고 남은 희망을 은호에게 걸었다.

다행히도 은호는 바로 다음 날 기대에 부응했다. 매일 새벽, 책상 앞에 쭈그리고 앉아 숫자를 조합한 끝에 기어이 비밀번호를 푸는 일에 성공했다. 자물쇠가 풀린 순간, 오! 자신도 모르게 큰 소리를 낸 은호는 서둘러 입을 틀어막고 서랍을 열었다. 수십 개의 기록물들 중 십이 년 전 년도가 적혀 있는 다이어리를 찾아서 황급히 8월의 일정을 살폈다. 그런데 뜻밖에도 해당 페이지는 갈가리 찢겨 있었다. 설마…… 은호는 같은 년도의 가계부를 꺼냈다. 역시나 8월의 페이지는 없었다. 메모장도 휴대용 수첩도 전부 마찬가지였다. 왜 이렇게까지? 은호는 전에 없이 찜찜한 기분에 사로잡혔다.

바로 그때, 망연자실한 은호의 눈길이 서랍 구석에 닿았다. 서랍을 열기 전까지 그 존재를 잊고 있던 물건이 시야에 들어온 순간, 은호의 눈이 반짝였다. 다행히 단서라면 아직 남아 있었다. 꺼져 가는 희망의 불씨를 되살릴 유일한 물건은 바로 구형 핸드폰이었다.

오래전 아빠가 사용하던 핸드폰의 전원은 꺼져 있었다. 버튼을 아무리 눌러도 켜지지 않았다. 중고 거래로 옛날 충전기를 구입해서 충전을 시켜도 보았지만 여전히 먹통이었다. 별수 없이 은호는 동네에 있는 수리점을 방문했다. 그곳에서 핸드폰 메인보드가 고장 났다는 얘기를 듣고 그간 모아 두었던 용돈 통장을 털어 수리를 맡겼다. 그리고 수리가 끝날 때까지 시간을 때우기 위해 근처에 있는 카페로 향했다. 그곳에는 이미 약속 상대가 와 있었다.

창가 자리에 있던 도희가 손을 흔들었다.

"어서 와."

은호는 도희의 맞은편에 앉았다. 도희는 미리 시켜 둔 음료를 내밀며 물었다.

"얼마나 걸린대?"

"한 시간."

핸드폰이 수리되길 기다리는 동안, 은호와 도희는 각자 밀린 일을 처리했다. 은호는 기출 문제를 풀었고, 도희는 밑그림을 구상했다. 그래도 별로 어색하지 않았다. 두 사람이 처음 만난 건 일주일 전이고, 얼굴을 마주하는 건 두 번째지만, 그간 매일 연락하며 유대감을 쌓아 온 덕이었다. 그들은 서로를 같은 목표를 지닌 동지로 여겼다. 그 목표란 스토커니 가족의 비밀이니 하는 속 시끄러운 문제를 하루빨리 파헤쳐 해결하고, 평범한 일상으로 돌아가는 것이었다. 다행히 고지는 멀지 않은 듯했다.

"시간 다 됐어."

정확히 오십 분 뒤 도희가 말했다. 곧바로 은호가 일어났다가 오래지 않아 수리가 끝난 핸드폰을 들고 돌아왔다.

"그럼, 이제 확인해 볼까?"

은호가 핸드폰 전원을 켰다. 다행히 액정에 불이 잘 들어왔다. 은호의 손가락이 사진첩으로 향했다. 혹시나 비어 있으면 어쩌나 걱정했는데 기우였다. 사진첩 안엔 수백 장의 사진이 있었다. 은호와 도희는 머리를 맞대고 개중 특별히 관심을 끄는 사진이 있나 훑어보았다. 그러자 곧 확실히 관심을 끄는 사진이 나타났다.

고속 도로를 달리는 차 안에서 찍은, 가드레일 너머로 드넓게 펼쳐진 바다 사진.

은호는 그 사진을 클릭하고, 손가락을 천천히 옆으로 움직이며 다음 사진들을 살폈다. 그러던 중, 텅 빈 4차선 도로를 찍은 사진이 나오자 반응했다.

"어?"

도희는 그 이유를 알아차렸다. 도로를 면한 인도 한복판에 동그란 표지판이 있었기 때문이다. 하지만 그 표지판은 너무 오래돼서 지명이 바래 있었다. 확대해서 보아도 무슨 글자인지 알아보기 어려웠다. 은호와 도희는 아쉬움을 삼키며 해당 사진을 넘겼다. 다음으로 이어진 횟집이나 기념품 가게의 내부 사진도 대강 보고 지나갔다. 그러다 여러 상점들이 늘어선 야외 풍경 사진이 나타났을 때 멈칫했다. 상당수의 상점들이 같은 상호를 쓰고 있어서였다.

"소소리?"

도희가 중얼거렸다. 뒤이어 자신의 핸드폰으로 인터넷에 접속해 '소소리 바다'를 검색해 보았다. 그러자 바로 나왔다. 그곳은 실제로 존재하는 장소였다. 틀림없었다.

"찾았다."

"우리가 만난 곳은 소소리 바다였어."

은호와 도희는 외쳤다. 그리고 도희의 핸드폰 액정에 떠 있는 검색 결과로 함께 눈을 돌렸다. 인터넷상에는 소소리 바다와 관련한 정보가 제법 있었다. 어업으로 생계를 꾸리는……

8월에 작은 축제를 열며…… 도 대표 수영 선수의 출신지로…… 등등. 알면 좋고 몰라도 그만인 정보들이 각종 블로그와 주간지에 기재되어 있었다. 은호와 도희는 빠르게 스크롤을 내리며 수많은 정보들의 요점만 파악했다. 그때였다.

툭.

무심결에 도희가 팔꿈치로 머그잔을 쳤다.

쨍그랑.

테이블 아래로 떨어진 머그잔은 바닥에 닿기 무섭게 산산조각이 났다.

"학생 괜찮아요?"

곧바로 근처에 있던 점원이 헐레벌떡 달려왔다. 하지만 도희는 대꾸하지 않았다. 괜찮다든지, 죄송하다든지, 변상하겠다든지, 그 어떤 말도 하지 않았다.

"저기요."

점원이 말을 걸었지만 점원 쪽을 쳐다보지도 않았다. 그저 놀란 얼굴로 굳어져 있을 뿐이었다. 점원은 고개를 갸우뚱 기울이며 도희의 맞은편에 있는 은호의 눈치를 살폈다. 하지만 반응하지 않기는 은호도 마찬가지였다. 넋 놓은 얼굴로 꼼짝도 하지 않았다.

무언가 이상한 낌새를 느낀 점원은 두 사람에게로 가까이 다가갔다. 그리고 두 사람의 시선이 고정되어 있는 도희의 핸드폰을 곁눈질했다. 액정에는 짤막한 기사가 떠 있었다.

십이 년 전,

소소리 마을에서,

고교생 A 군(18세)이 바다에 빠진 B 군(6세)과 C 양(6세)을 구조하고, 본인은 미처 빠져나오지 못해 주검으로 발견됐다는, 비극적인 사망 사고를 다룬 기사였다.

7

더 이상은 그를 보고만 있을 수 없다. 나는 비로소 한 발을 뗀다. 곧바로 그가 반응을 보인다. 열심히 움직이던 손을 멈추고, 내리고 있던 시선을 든다. 그리고 모래사장을 메운 구름 인파 속에서 단박에 나를 찾아내어 미소 짓는다.

"왔어?"

그리운 목소리가 귓전에 울린다. 머잖아 나는 잠에서 깬다.

눈꺼풀을 들어 올리자 눈부신 하늘과 새파란 바다와 북적이는 모래사장이, 파도 소리와 바람 소리와 웃음소리가, 따스하고 느긋한 기운과 설레고 흥겨운 정취가 모조리…… 사라진다. 지금 이곳엔 어둠과 고요만이 있다.

불 꺼진 원룸, 좁은 침대 위에서 나는 허공을 본다. 겨우 뜬 눈을 깜빡이며 방금 전 꾼 꿈을 떠올린다. 소름 돋도록 생생한 그 꿈은 단순한 꿈이 아니다. 헛된 망상도, 뒤틀린 기억도, 왜곡된 추억도 아니다. 그것은 재현이다. 십이 년 전 그날의 완벽한 재현.

꿈에도 잊을 수 없는 그날 오후, 나는 해변에 있었다. 여느 때처럼 작업 중인 그의 옆에 나란히 앉아 있었다. 모든 것이 평소와 같았다. 기분도 풍경도 날씨도 어제나 그제와 다르지 않았다. 단 하나, 오후 4시쯤 파도가 닿았다 물러가는 모래사장 부근에 수많은 사람들이 웅성거리며 모여들었다는 점만 달랐다.

"무슨 일이지?"

나는 고개를 앞으로 내밀며 궁금해했다.

"모르겠는데."

그는 갸웃하며 대꾸했다. 그때 우리 옆을 지나던 밀짚모자를 쓴 남자가 알려 줬다.

"애들이 빠졌다네요."

"애들이요?"

나도 모르게 목소리가 높아졌다. 그 순간 그는 움직였다. 당연히 가야 하는 것처럼, 그렇게 정해져 있는 것처럼, 자연스럽게 일어섰다.

"가지 마."

그때 난 그렇게 말할 수 있었다.

"네가 안 가도 돼. 너여야 할 필요 없잖아."

틀림없이 잡을 수도 있었다. 손 뻗으면 닿을 거리였으니까. 그런데 어째서인지 나는 손을 내밀지 않았다. 마땅히 보내야 하는 것처럼, 그래도 되는 것처럼, 그냥 가만히 있었다.

떠나기 전, 그는 나를 내려봤다. 그의 머리 위에서 눈부시게 빛나는 태양 때문에 얼굴이 제대로 보이지 않았다. 하지만 나는 알았다. 그는 웃고 있었다. 분명히 웃어 보였다. 바보같이, 자신만만하게. 그리고 훌쩍 바다로 떠났다.

오래지 않아 아이들이 뭍으로 건져졌다. 대여섯 살로 보이는 남자아이 한 명과 여자아이 한 명이 담요에 둘둘 말려진 채, 대기 중이던 구급 대원들에게 인계됐다. 곧이어 아이들을 구하러 바다에 뛰어들었던 안전 요원들이 돌아왔다. 하지만 그는 돌아오지 않았다. 사고가 벌어진 당시 근처에 있다가 자발적으로 구조에 참여했던, 동네에서 수영 좀 한다던 남자들도 돌아왔다. 그들은 자신들 중 가장 수영을 잘하는 그가 앞장서 아이들을 잡은 뒤 건네주었다고 증언했다. 그것이 마지막 목격담이었다. 끝내 그는 돌아오지 않았다.

어둠에 눈이 익는다. 나는 침대에서 일어난다. 불을 켜지 않은 채 창가로 가서 미닫이 창문을 연다. 서늘한 바람이 실내로 들어온다. 맞은편 건물의 거무죽죽한 벽도 시야에 들어온다. 내 집은 전망이 좋지 않다. 평수도 작고, 위치도 나쁘다. 하지만 월세가 싸다. 그래서 불평할 수 없다.

그의 장례식이 끝난 뒤, 나는 평생 살던 고향을 떠났다. 곧바로 산지에 있는 이모네로 가서 고등학교를 마치고, 다음 해 대학 입시를 망쳤다. 적당히 아무 대학교를 졸업한 후엔 최대한 빨리 취직을 하기 위해 일자리가 많은 서울로 향했다. 확실한 연고도, 쓸 만한 재주도 없는 여자는 서울에서 별로 환영받지 못했다. 하지만 그런대로 먹고살 수 있었다.

나는 몇 년 동안 고만고만한 회사들을 전전했다. 그동안 고향엔 한 번도 내려가지 않았다. 부모님도 다른 지역으로 떠나서서 더욱 갈 일이 없었다. 그날 이후로 의식적으로 바다는 멀리했다. 바닷가 근처에 얼씬도 하지 않았을뿐더러 바다가 나오는 영화조차 보지 않았다. 그래서일까. 언제부턴가 밥을 먹다 발작적으로 울음이 터지거나, 잠을 자다 식은땀을 흘리며 깨거나, 길을 걷다 그를 닮은 뒷모습을 보고 주저앉는 일들이 줄어들었다. 사는 동안 그날을 완전히 잊을 수야 없겠지만, 적어도 잊은 척 살 수는 있게 됐다. 그런데 왜.

'갑자기 그 사고와 관련한 꿈을 꾸는 건데…….'

오늘로 세 번째다. 영문을 알 수 없다. 하지만 또다시 잠에 들고 싶지 않다는 사실만은 확실해서 침대로 가지 않는다. 쪼그려 앉아서 창밖을 응시한다. 비좁은 건물 사이로 겨우 보이는 직사각형 모양의 하늘을 눈에 담으며 무릎을 매만진다. 손끝에 울퉁불퉁한 살덩이가 느껴진다. 오래전 길에서 넘어져 생긴 흉터다. 나는 잠시간 왼손으로 무릎 위 흉터를 만지작거리다 이내 손바닥을 펼쳐서 본다. 그곳에도 흉터가 있다. 가로로 난 손금들 사이를 가로질러 세로로 길게 난 흉터를 미약한 달빛이 비춘다.

'그동안 내 정신이 나아지고 있는 줄 알았는데…….'

나는 왼손을 꽉 쥐며 생각한다.

'실은 아니었던 걸까?'

한번 생각을 시작하자 다른 생각들이 꼬리를 잇는다. 한때는 매일 곱씹었지만, 어느 순간 뇌리 구석에 봉인해 둔 생각들이 주체할 수 없이 터져 나온다.

'대체 나는 어쩌다 이 지경이 되었을까? 만일 그때 인사도 없이 떠난 그를 잡았다면, 바다로 가지 못하게 막았다면, 살릴 수 있었을까? 그랬다면 뭐가 달라졌을까? 나는, 아니 우리는 어떤 인생을 살았을까? 그 인생은 지금보다 나았을까?'

부질없는 생각들이 끊임없이 솟아오른다. 와중에 문득 이런 질문 하나가 두둥실 떠오른다.

'그날 그가 살려 준 아이들은 지금 어떻게 살고 있을까?'

8

여름 방학이 시작됐다. 학교는 문을 닫았고, 날씨는 연일 더
워졌다. 하지만 학생들의 삶은 크게 달라지지 않아서 대부분
은 학교 대신 학원으로 향했다. 아침 일찍부터 밤늦게까지, 일
상이란 이름의 쳇바퀴를 열심히 굴렸다. 그 대열에는 물론 은
호도 있었다.

은호는 매일 학원과 독서실과 집을 오가며, 학생의 본분에
충실하게 살았다. 적어도 그렇게 보였고, 그렇게 되길 은호가
원했다. 사실은 주변의 흐름에 발맞춰 쳇바퀴를 굴리는 척하
면서 공중에 헛발질하고 있었지만 말이다. 일주일 전, 동네 카
페에서 한 기사를 본 뒤로 내내 그랬다.

십이 년 전, 소소리 마을에서 A 군이 바다에 빠진 B 군과 C
양을 구조하고 사망했다는 기사.

그 기사 속 B 군이 자신이란 사실을 깨달은 순간, 은호는 미래로 향하는 시간의 흐름에서 튕겨져 나갔다. 관성에 따라 일상을 유지하긴 했지만, 하루하루 날짜를 세는 의미를 잊었다. 자주 먼 산을 보며 의식을 과거로 보냈다. 그리고 후회했다.

어떤 비밀은 비밀인 채로 있을 때 가장 이로운 법인데, 그 비밀을 간직한 이가 누구보다 자신을 아끼고 사랑해 주는 가족이라면 파헤치지 않는 편이 안전한 법인데, 은호는 그 사실을 몰랐다. 그래서 돌이킬 수 없는 짓을 저질렀다.

'스토커의 행적 따위 쫓는 게 아니었어.'

은호는 뒤늦게 생각했다. 불쾌한 시선쯤 가뿐히 무시하고, 평화롭게 살던 도희를 찾아가지 말았어야 했다고 곱씹었다. 하지만 이제 와서 후회한들 소용없었다. 세상엔 모르면 몰랐지, 한번 알게 된 이상 결코 모른 척할 수 없는 일도 있으니까.

은호는 무리해서 알아낸 A 군의 존재를 잊어버리지 못했다. 어디서 누구와 무엇을 하든, 밥을 먹든, 길을 걷든, 공부를 하든, A 군은 스리슬쩍 나타나서 순간적으로 은호를 넋 놓게 만들었다. 구체적인 사람의 형상으로 등장하는 것도 아니면서 말이다. A 군은 얼굴 없는 마네킹보다는 짙은 안개에 가까웠다. 검은 바다 위를 스멀스멀 지나는 묵직한 회색빛 안개. 그 안개는 은호의 뇌리 곳곳을 떠돌며 그의 눈을 흐리고, 아무 일에도 집중할 수 없도록 만들었다.

'이 안개는 언제쯤 걷힐까?'

은호는 수없이 생각했다.

'언젠가 걷히는 날이 오긴 할까?'

어쩌면 평생을 이런 상태로 살게 될지도 모른다고, 은호는 내심 예감하며 두려워했다. 하지만 그 두려움을 주변인들에게 속 편히 털어놓지는 못했다. 아직은 A군에 대해 섣불리 대화할 엄두가 나지 않아서였다. 이러쿵저러쿵 떠들 자신도, 들을 자신도 없었다. 현재로서 은호가 이름 모를 생명의 은인에 대해 터놓고 얘기할 수 있는 상대는 오직 한 명, 도희뿐이었다. 그리고 그건 도희도 마찬가지였다.

새벽 2시에 도희에게서 메시지가 왔다.

[자?]

은호는 바로 답장을 보냈다.

[아니.]

지난 일주일 동안 두 사람은 매일 이 시간쯤 메시지를 주고받았다. 은호가 아는 한, 도희는 원래 규칙적인 수면 습관을 갖고 있었다. 하지만 최근 며칠은 전혀 잠을 못 이루는 것 같았다. 그 사실에 은호는 다소 가책을 느꼈다. 할 수만 있다면, 도희가 편히 잘 수 있도록 자신을 만나기 전의 상태로 돌려놓아 주고 싶었다. 그렇지만 현실은 괴로움을 토로하는 도희의 메시지에 적절히 대꾸할 말조차 찾지 못했다.

[난 계속 이렇게는 못 살겠어.]

은호는 자신 역시 이렇게는 못 살겠다고, 평생은 고사하고 단 며칠도 더는 싫다고 생각했다. 그러나 어떻게 해야 본래 상태로 돌아갈 수 있는지 알지 못했다. 시간을 되돌려 A 군의 존재를 망각해 버리는 방법밖에는 떠오르지 않았다.

'앞으로 뭘 어떡해야 하지?'

불 꺼진 방에서 침대 위에 앉은 채로 은호는 고민했다. 오래도록 도희에게 답장을 보내지 않고 시간을 끌었다. 그때였다. 부르르, 손에 쥔 핸드폰이 짧게 떨렸다. 반사적으로 액정에 시선을 돌리자 어둠 속에서 빛나는 새 메시지가 보였다.

은호의 답장을 기다리지 않고 도희가 재차 보낸 메시지. 매번 은호보다 한발 빨리 움직이던 도희가 멋대로 결정하여 알린 선언문.

그 문장을 읽는 순간, 은호는 불현듯 해야 할 일을 찾았다.

[아무래도 소소리 마을에 가 봐야겠어.]

오전의 기차역은 상당히 붐볐다. 매표소 앞 의자에는 저마다의 이유로 여행을 앞둔 사람들이 빼곡히 앉아 있었다. 출장을 떠나는 직장인, 본가로 향하는 대학생, 데이트에 나선 젊은 연인, 지인을 방문하려는 노부부, 그리고 은인의 고향에 찾아가려는 도희.

얼마 전, 고2 여름 방학은 온전히 입시에 투자해야 하니 가족여행에서 빠지겠다고 선언했던 도희는 아침 댓바람부터 가족들 몰래 혼자 기차역에 와 있는 현재 상황이 어처구니없게 느껴졌다. 하지만 어쩔 수 없었다. 방학이 시작된 지 사흘이 지났지만 그간 작업도, 공부도, 아무 일도 할 수 없었기 때문이다. 정확히는 일주일 전, 은호의 동네 카페에서 A 군의 사망 기사를 본 뒤부터 그랬다. 기사 속 C 양이 자신이란 사실을 깨달은 순간, 도희는 여섯 살 때부터 등 뒤에서 도사리고 있던 충격파에 뒤통수를 강타당했다. 그 직후 얼이 나가고 머릿속이 텅텅 비어서, 어떤 일도 손에 잡히지 않았다.

도희는 차라리 눈앞에 엄청난 시련이나 과업이 닥쳤다면 상황이 나았으리라고 생각했다. 그럼 정신을 똑바로 차리고, 죽을힘을 다해 해결해 볼 수 있을 것 같았다. 하지만 이미 끝난 일은, 그것도 무려 십이 년 전에 끝난 일은 어떻게 할 수가 없었다. 그 사실에 정확히 어떤 감정을 느껴야 하는지도 몰랐다. 마땅히 슬퍼야 할 듯한데, 솔직히 슬프지 않았다. 그보단 기묘했다. 머리로 인식된 현실이 체감적으로 받아들여지지 않아 꼭 꿈속을 헤매는 듯한 착각이 들었다. 그래서였다.

[아무래도 소소리 마을에 가 봐야겠어.]

새벽에 은호에게 이 같은 메시지를 보냈던 이유는 말이다. 가서 뭘 할지, 그로 인해 뭐가 달라질지 전혀 알 수 없었지만 일단 가 보자는 마음이 들었다. 적어도 아무 일도 안 하고, 가만히 있는 것보다는 낫겠다 싶었다. 어쩌면 A 군에 대해 낱낱이 알게 되면, 이 혼란스러운 상태에서 벗어나게 될지도 모를 일이었다. 하지만 이 의견에 대한 은호의 반응은 의외였다.

[별로 좋은 생각이 아닌 거 같아.]

그는 곧바로 반대 의견을 표했다. 그리고 이유를 설명했다. 만일 마을에 아직 A 군의 유족이 남아 있다면 은호와 도희가 불쑥 찾아와 여기저기를 쑤시고 다니는 상황을 달갑게 여기지 않을 수 있다고 말이다. 과연 일리 있는 말이었다. 미처 거기까지 생각지 못했던 도희는 문득 이 사태를 은호와 함께 겪고 있어 다행이라 생각했다. 그때였다.

[그렇지만……]

은호에게서 이렇게 시작하는 새 메시지가 왔다.

[그렇지만 A 군에 대해 알아보는 건 좋다고 생각해.]

뒤이어 메시지 하나가 더 왔다.

[소소리 마을에 가지 않고서.]

응? 소소리 마을에 가지 않고서 어떻게 A 군에 대해 알아본다는 거지? 도희는 의아했다. 일주일 전, 진즉에 찾아본 바에 따르면, 십이 년 전에 벌어진 사고 소식을 전한 기사는 총 여덟 개였다. 그런데 그 기사들 어디에도 A 군의 신상 정보는 실려 있지 않았다. 고작해야 향년 열여덟 살의 마을 청년이었다

76

는 이야기가 전부였다. 이름도, 사진도, 하다못해 신상을 유추할 만한 어떤 이력도 나와 있지 않았다. 그런데 어떻게? 도희는 직접 물었다.

[무슨 수로?]

은호는 짤막히 답했다.

[메일로.]

이어서 그는 기사 하단에 기자들의 메일 주소가 있었다는 점을 상기시켰다. 모름지기 기자라면 기사에 다 적지 않았어도 사건의 전말은 파악했을 테니 은호는 그들에게 메일을 보내 보자고 했다. A 군에 대해 아는 대로 알려 달라는 간곡한 뜻을 담아서 말이다.

그날 새벽이 가기 전, 은호는 대표로 메일을 썼다. 이후 이틀을 기다린 끝에 다행히 한 기자에게서 답장을 받았다. 사정을 헤아려 십이 년 전에 작성한 파일을 겨우 찾았다고 밝힌 기자는 총 세 가지 정보를 주었다. 첫째는 A 군의 이름, 둘째는 A 군의 유족이 사건 직후 마을을 떠났다는 사실, 셋째는 현재 A 군이 묻혀 있는 장소였다.

혼잡한 대합실 안, 인파 사이에 끼겨 앉은 도희는 핸드폰을 내려다보았다. 액정 위엔 기자가 보내 준 사진 한 장이 떠 있었다. A 군의 묘지 위치가 표시되어 있는 지도 사진.

'이 장소를 알게 된 이상 그냥 있을 수 없지.'

그곳은 소소리 마을이었다.

'무조건 가 봐야지.'

도희는 긴 세월 마을에 있었을 묘지의 모습을 상상하며 멀리 시선을 던졌다. 그때 마침 대합실 안으로 들어온 한 사람과 눈이 마주쳤다. 기다리고 있던 동행인 은호였다. 처음엔 소소리 마을에 가는 일을 꺼렸던 그는 묘지의 위치를 알게 된 순간 마음을 바꿨다. 은밀하고 신중하게 움직인다는 전제하에 도희와 같은 결론을 내렸다.

[가 보자. 소소리 마을로.]

도희는 가벼운 에코백 하나만 달랑 들고 자리에서 일어났다. 그리고 무거운 백팩을 메고 있는 은호에게 다가갔다. 두 사람은 서로가 챙겨 온 짐을 한번 훑어본 뒤······

아무 말 없이, 당일치기 여행길에 올랐다.

9

언젠간 바다에 갈 거라고 생각했다. 사랑하는 사람과 일출을 보러, 소중한 친구들과 물놀이를 하러, 커다란 개와 모래사장을 달리거나 흥겨운 서퍼들과 파도를 타러, 또는 조금은 센티멘털한 기분에 빠져 혼자 야경을 구경하러. 뭐가 됐든 바다에 가는 첫 경험엔 낭만과 환희가 가득할 거라고 믿었다. 하지만 현실은 종종 기대를 배신하는 법.

은호와 도희는 몰랐다. 설마하니, 고작 두 번 만난 친구와 추모를 목적으로 난생처음 바다에 가게 될 줄 말이다. 그 장소가 생명의 은인의 고향일 줄은 더더욱 몰랐다.

오전 10시경, 소박한 역의 선로에 기차가 들어왔다.

"이번 역은 소소리입니다."

기차 안에 안내 방송이 울릴 때, 움직이는 사람은 단둘뿐이었다. 평소보다 긴장한 기색이 역력한 은호와 도희. 서울을 떠난 지 두 시간여 만에 낯선 마을에 도착한 두 사람은 아무 말 없이 플랫폼에 내렸다. 그길로 붐비기 시작한 역사를 빠져나와 목적지로 향했다. 역 앞에서 국화 다발을 사고, 지나가는 택시를 잡아탔다.

"여기로 가 주세요."

좌표가 찍힌 사진을 보여 주며 은호가 말했다. 50대 중반의 택시 기사는 사진을 힐끔 보더니 곧바로 핸들을 돌렸다.

"너희들 서울에서 왔지? 여기엔 묘지밖에 없는데, 왜 가려는 거야?"

호기심 많은 기사라면 가는 도중에 이렇게 물을 법도 했다. 하지만 이 기사는 그러는 대신 묵묵히 자신의 일만 했다.

택시는 빠르게 인가를 벗어나 마을 외곽에 있는 언덕으로 향했다. 구불구불한 언덕길을 오르던 중 포장도로가 끊기고 흙길이 나타났지만 속도를 줄이지 않고 거침없이 달렸다. 그 결과, 십 분도 되지 않아 목적지 부근에 당도했다. 도착했습니다. 기사는 그제야 한마디를 하고는 승객들을 내려 주기 무섭게 흙먼지를 날리며 떠났다. 하늘과 맞닿은 둥그런 지대 위엔 우두커니 두 외지인만 남았다.

"왔네."

"응. 와 버렸다."

그들의 수십 걸음 앞에는 그들을 이곳으로 이끈 것이 덩그러니 있었다. 십이 년 전에 만들어진 납골묘. 햇살을 받아 귀퉁이가 반짝 빛나는 네모반듯한 은인의 묘.

은호와 도희는 함께 걸음을 옮겼다. 초록의 잔디를 천천히 가로질러 가 마침내 납골묘 바로 앞에 섰을 때, 매끈한 돌에 아로새겨진 이름을 내려보았다.

이수빈.

기자가 알려 준 A군의 이름이었다. 이 묘의 주인은 그가 틀림없었다.

곧바로 도희는 쭈그려 앉아 국화 다발을 놓았다. 조심스러운 손길로 헌화하면서 묘지 하단에 이미 놓여 있는 예닐곱 개의 꽃들을 보았다. 대개는 오래되어 보였고, 단 하나만 싱싱했다. 최근에 누가 다녀갔나? 순간적으로 도희는 생각했다. 기자의 말대로라면 이 마을에 A군의 유족은 없는데, 누가 다녀간 거지? 도희는 자신도 모르게 생각을 이었다. 그러다 아차 했다. 지금은 이런 생각을 할 때가 아니었다.

도희는 서둘러 일어났다. 옆을 보자 은호는 이미 정자세로 손을 모으고 서 있었다. 두 사람은 약속이라도 한 것처럼 동시에 눈을 감았다. 그리고 이 자리에서 반드시 해야만 하는 일을 했다. 은인에게 정중히 인사를 건넸다.

'이제야 찾아뵙네요. 늦게 와서 죄송해요.'

뒤이어 전했다.

'…….'

긴 침묵을.

어쩔 수 없었다. 자연스럽게 다음 말을 잇고 싶었으나, 적당한 말이 떠오르지 않았기 때문이다. 감사해요. 열심히 살게요. 명복을 빌어요. 이런 말들이 머리를 스쳤지만, 가식적이고 체면치레처럼 느껴져 차마 입 밖으로 내뱉을 수 없었다. 결국 꽤 오랜 시간이 지나도록 다음 말을 잇지 못한 은호와 도희는 천천히 눈을 떴다.

이상한 일이었다. 이곳에 오면 저절로 비통한 기분에 사로잡혀서, 전하고 싶은 말이 폭포처럼 쏟아질 줄 알았는데 전혀 아니었다. 눈물이 나지도, 가슴이 저릿하지도, 온몸에 전율이 흐르지도 않았다. 서울에서와 마찬가지였다. 아니, 이 화창한 날, 이 푸르른 곳에 자리한 은인의 묘지 앞에 서 있다는 상황이 너무 비현실적으로 느껴져서 더 멍한 상태가 되었다.

하지만 그렇다고 은호와 도희는 거짓 감정을 쥐어짜지 않았다. 그것만 한 실례는 없으니까. 억지로 슬퍼하려 애쓰는 대신 차라리 주변을 둘러보았다.

두 사람은 새파란 하늘 너머를 보았다. 저 멀리 우뚝 솟은 산이 시야에 들어왔다. 산꼭대기 근처 절벽가엔 2층짜리 집이 있었다. 아마도 부호의 별장이리라 추정됐다.

잠시 뒤, 그들은 시선을 내렸다. 소소리 마을의 전경이 한눈에 보였다. 지붕 낮은 수백 채의 집들이 저마다 다른 빛깔을 뿜내며 옹기종기 모여 있었다. 마치 동화 속 난쟁이 마을 같았다. 마을이 끝나는 곳엔 잔잔한 바다가 펼쳐져 있었다. 반짝이는 수면 위를 장난감 같은 어선들이 둥둥 떠다녔다.

한동안 은호와 도희는 그 광경에서 눈을 떼지 못했다. 은인의 묘지를 등지고 서서, 부정할 수 없이 아름다운 바다 마을 풍경을 바라봤다.

정오 무렵, 은호와 도희는 언덕 아래로 내려왔다. 앱으로 택시를 잡으려 했지만 도저히 잡히지 않아 걸어서 하산했다. 시간이 제법 걸렸지만 상관없었다. 어차피 헌화는 마쳤고, 기차 시간은 많이 남은 터였다. 두 사람은 딱히 목적지를 정해 두지 않고 발길 닿는 대로 걸었다. 주택가를 지나다 골목 안으로 들어갔다.

골목길은 조용하고 한산했다. 사람보다 사람을 경계하지 않는 고양이가 더 많이 눈에 띄었다. 하지만 사람의 흔적도 없진 않았다.

담장 너머 널린 빨래, 대문 앞에 늘어선 화초, 공공 쓰레기장에 쌓인 봉투, 어디선가 풍기는 생선 굽는 냄새, 누군가 연습하는 음정과 박자가 모두 엇나간 트럼펫 소리.

과묵해 보이던 그가 사실은 마을의 나팔수여서, 언덕을 내려가기 무섭게 수빈의 묘지에 추모하러 온 아이들에 대한 소문을 퍼뜨렸다면, 현재 상황은 말이 되었다. 작은 마을이니 단 몇 명에게만 전했어도 순식간에 상인회 전체에 퍼졌으리라.

"일단은 여길 벗어날까?"

은호가 쏟아지는 시선들을 경계하며 제안했다.

"그러자."

도희가 서둘러 보폭을 넓혔다. 두 사람은 더 이상 주변을 구경하지 않고 어느새 레드 카펫과 다름없어진 상점 거리를 빠르게 지났다. 그런데 그때 전방에 한 아저씨가 나타났다. 턱수염을 뾰족뾰족하게 기른 그는 왼편에 있는 가게에서 슬렁슬렁 나와서 거리 한가운데를 막고 섰다. 그리고 은호와 도희를 스윽 보며, 마치 구면인 사이처럼 말을 붙였다.

"아이고, 더워라. 올해 여름은 아주 푹푹 찌려나 봐. 벌써부터 너무 덥지 않아?"

손부채질을 하며 넉살을 떤 그는 곧 이렇게 권했다.

"시간 되면 우리 가게에서 한잔하고 갈래?"

은호와 도희는 고개를 돌려서 방금 전 아저씨가 나온 가게를 보았다. 호프집이었다. 그 순간, 아저씨가 손사래를 치며 큰 소리로 설명을 더했다.

"당연히 음료수 말이야!"

호프집 안에는 아무도 없었다. 아직 영업시간 전이라 전등도 꺼져 있었다. 하지만 통창을 통해 들어오는 햇빛 덕분에 내부가 어슴푸레 밝았다.

은호와 도희는 마치 비밀스러운 장소에 입장한 듯한 기분을 느끼며 구석 테이블에 자리를 잡았다. 그동안 아저씨는 주방에서 콜라 세 캔을 들고 나왔다.

"공짜야. 내가 초대했으니까."

테이블 위로 음료를 올린 아저씨가 맞은편 자리에 앉았다. 그리고 대뜸 물었다.

"너희들, 그 애들이 맞지?"

모호한 질문이었지만 의미는 확실히 통했다. 은호와 도희는 맞다고 대꾸했다. 잘못을 저지르고 혼나기 직전인 아이들처럼 눈치를 살피면서. 그러자 아저씨가 키득 웃음을 지었다.

"왜 이렇게 긴장해? 걱정 마. 잡아먹지 않을 테니까. 그냥 너희랑 잠깐 얘기해 보고 싶어서 부른 거야. 종종 궁금했거든. 수빈이가 살려 준 애들이 어떻게 컸을지."

아저씨는 분위기를 편하게 만들려는 의도로 활짝 웃어 보였다. 하지만 그의 입에서 친근하게 수빈의 이름이 나온 순간, 은호와 도희의 표정은 한층 경직되어 풀리지 않았다. 이를 눈치챈 아저씨가 억지로 올린 입꼬리를 내리고 말했다.

"혹시라도 내가 수빈이 일로 너희에게 안 좋은 감정을 가지고 있을까 걱정하고 있다면 그러지 마. 전혀 아니니까. 이 마을에 그런 사람은 없어. 모두 알고 있거든. 그 일은 어쩔 수 없는 사고였단 걸. 너희는 그냥 어린애들이었잖아? 절대로 너희 잘못이 아니지."

아저씨는 마지막 말에 특별히 힘을 주며 단언했다. 그리고 한결 편안해진 은호와 도희의 표정을 확인한 뒤, 콜라 캔을 따면서 화제를 바꿨다.

"근데 이 마을엔 갑자기 무슨 일이야?"

"네?"

"십이 년 만에 무슨 바람이 불어서 둘이 같이 찾아왔냐고."

"아……."

은호가 나서서 답했다.

"사실은 얼마 전에야 알게 됐거든요. 십이 년 전 사고에 대해."

이어서 도희가 답했다.

"그래서 추모를 하러 왔어요."

두 사람은 십이 년 전 사고에 대해 어떻게 알게 되었는지까지 상세히 밝히지 않았다. 하지만 아저씨는 세세히 따지지 않고 대화를 이었다.

"그랬구나. 최근에 알았단 말이지. 하긴, 그때 너희는 너무 어렸으니까. 군이 그날 일을 기억나게 하고 싶지 않았던 너희 부모님 마음도 충분히 이해가 되네."

아저씨는 잠시간 고개를 주억거리다 불쑥 말했다.

"그럼, 너희는 지금 수빈이에 대해 아는 게 하나도 없겠네."

먼저 이렇게 운을 떼고, 덧붙여 물었다.

"혹시 알고 싶어?"

곧바로 은호와 도희는 서로를 보았다. 이 마을에 수빈에 대해 알아볼 목적으로 온 것은 아니었지만, 누군가 알려 준다면 마다할 이유는 없었다. 솔직히 궁금했다. 짧은 순간, 눈빛으로 뜻을 맞춘 은호와 도희는 그렇다고 대꾸했다. 그러자 곧바로 아저씨가 말했다.

"수빈이는 말이야."

은호와 도희는 잠자코 귀를 기울였다. 그런데 선뜻 말문을 연 아저씨의 입에서 이상하게 다음 말이 나오지 않았다. 아저씨는 할 말을 고르는 듯 한참 동안 입안에서 혀를 굴리다가 겨우 이 한마디를 내뱉었다.

"재미난 애였어."

그리고 멋쩍은 표정을 지었다. 아무래도 짧은 시간 동안 한 사람에 대해 설명하려니 어려움을 느끼는 것 같았다. 이해가 안 가는 상황은 아니었다. 은호와 도희는 알겠다고 답하고, 더 이상 이야기를 강요하지 않았다. 그러자 도리어 아저씨 쪽에서 아쉬워하는 기색을 보였다. 그는 어떻게든, 무엇이든 전해 주고 싶은 듯 입술을 달싹이다 갑자기 자리에서 일어났다.

"잠시만."

그길로 주방에 들어가서 액자 하나를 들고 나왔다. 액자 속에는 호프집 개업식 때 찍은 사진이 들어 있었다. 사진의 정중앙엔 지금보다 훨씬 젊은 아저씨가 있고, 사진의 양 끝단엔 바람이 빵빵한 풍선 인형들이 있었다. 그리고 그 사이엔 수십 명의 사람들이 옹기종기 붙어 있었다. 아저씨는 그들 중 한 남자를 콕 집어 가리켰다.

"얘가 수빈이야."

바로 그 순간, 은호와 도희는 스스로의 반사 신경에 놀랄 만큼 잽싸게 움직였다. 동시에 액자 쪽으로 코를 박고, 그간 어디서도 찾아볼 수 없어서 어떻게도 상상할 수 없었던 은인의 얼굴을 유심히 보았다.

사진 속 수빈은 교복 차림이었다. 사진을 찍는 시점에 바람이 불었는지 하얀 셔츠와 검은 머리칼이 나풀거렸다. 멋대로 흩날리는 앞머리가 자연스럽게 띄운 미소와 잘 어울렸다. 수빈은 남의 개업식 날 뭐가 그리 즐거웠는지, 누구보다, 심지어 아저씨보다 표정이 밝았는데, 특별히 눈웃음이 인상적이었다. 보고 있으면 함께 웃고 싶어질 만큼 무해하고 예뻤다. 자세히 관찰하면 키가 크고 몸이 호리호리해서 모델 같은 체형이었지만, 어린애처럼 천진한 얼굴의 분위기가 더 지배적이라 전반적인 인상은 선하고 맑았다.

'이런 사람이었구나.'

은호와 도희는 사진에서 눈을 떼지 않았다. 그동안 아저씨도 함께 사진을 보았다. 입을 다물고 그리운 눈빛을 뿜으면서. 그러다 어느 순간 혼자서 슬그머니 입꼬리를 올렸다. 무심결에 그 변화를 포착한 은호와 도희는 궁금해했다. 지금 아저씨는 무슨 기억을 떠올리고 있을까? 하지만 굳이 묻진 않았다. 남이 말할 생각이 없는 소중한 추억을 무신경하게 캐고 싶지 않아서였다. 대신 다시 사진으로 주의를 돌렸다. 그런데 바로 그때.

'어? 이 사람은?'

문득 사진 속에서 한 사람이 눈길을 끌었다. 조금 전까지 수빈에게만 집중하느라 미처 보지 못했던, 수빈의 옆에 나란히 선 소녀였다. 어쩐지 낯이 익었다. 확신을 가지기엔 생김새도 분위기도 달랐지만 그럼에도 아는 사람이란 느낌이 들었다.

그 사람은 바로 단발머리 스토커였다.

10

한밤의 추격전을 펼친 이후, 은호와 도희는 단 하루도 단발머리 스토커를 잊은 적이 없었다. 십이 년 전 사고에 관한 기사를 접했을 때는 충격 속에서 막연히 짐작했었다. 스토커는 A 군과 관련이 있는 사람일 것이라고. 그리고 지금, 호프집 개업식 사진을 보면서 은호와 도희는 확신했다. 스토커는 역시 A 군, 수빈과 아는 사람이었다. 붙어 선 거리감으로 보아 제법 친한 사이인 듯했다.

뜻밖의 순간에 기대치 않은 깨달음을 얻은 은호와 도희는 아연했다. 테이블 주위에 묘한 정적이 찾아왔다. 하지만 그 이유를 전혀 짐작할 수 없는 아저씨는 그들의 감정 변화를 눈치채지 못했다. 그저 활기차게 분위기를 주도했다.

"여긴 작은 마을이어서, 같은 해에 태어난 아이들은 어지간

하면 친구가 돼. 친구가 뭔지도 모르는 아기 때부터."

이렇게 말을 꺼내고 자연스럽게 수빈을 언급했다.

"수빈이한테도 어릴 때부터 붙어 다닌 친구들이 있었어. 아, 마침 전부 여기에 있네."

그리고 사진 위에 손가락을 얹었다.

"얘는 류지훈."

제일 먼저 수빈의 뒤에 있는, 남달리 체격이 좋은 남자를 가리켰다.

"지훈인 재작년까지 수영 선수였어. 서울에서 큰 대회도 나가고, 메달도 많이 땄지. 지금은 은퇴하고 마을로 돌아와서 학교 체육 선생으로 일하고 있어."

빠르게 한 친구에 대한 정보를 푼 아저씨는 연이어 다른 친구들을 소개했다. 사진 구석에 다정하게 서 있는 남녀에게로 손가락을 옮겼다.

"이 둘은 임바우랑 신세미야."

한 번에 두 이름을 입에 올리고 말했다.

"얘들은 지금 부부야. 맨날 티격태격하는 소꿉친구였다가 어느 순간 결혼까지 골인한 커플. 어떤 느낌인지 알겠지? 이 둘은 한 번도 마을을 떠난 적이 없어. 계속 여기서 살다가 이 근처에 각자 가게를 냈어."

순조롭게 두 친구에 대한 설명도 마친 아저씨는 갑자기 갈

증이 났는지 콜라 캔을 들어서 목을 축였다. 그동안 은호와 도
희는 기다렸다. 조급한 내색을 하지 않고, 또 다른 친구에 대
한 설명을 들을 준비를 했다. 그러자 잠시 뒤, 아저씨가 빈 콜
라 캔을 테이블 위에 소리 나게 놓았다. 그리고 연달아 들고
있던 액자도 조심스레 내렸다.

'아니, 액자는 왜?'

은호와 도희는 당황했다. 아저씨가 이대로 설명을 마칠 것
같은 분위기를 풍겼기 때문이다. 그들은 조바심을 내다가 결
국 나서서 답을 구했다. 다소 부자연스러운 몸짓과 말투로 사
진 속 수빈과 나란히 서 있는 소녀를 가리키며 물었다.

"옆에 있는 이분도 친구 아니에요?"

"비슷한 나이로 보이는데."

그러자 아저씨가 선선히 끄덕였다.

"오! 맞아. 용케도 알아봤네. 걔는 나은이야. 최나은."

그 순간, 은호와 도희는 속으로 읊조렸다. 최나은. 곧이어
다시 질문을 던졌다.

"이분은 어떻게 지내세요?"

"무슨 일을 하세요?"

그러자 아저씨가 머리를 긁적이며 곤란한 표정을 지었다.

"음, 글쎄. 잘 모르겠네."

그리고 다른 친구들의 이야기를 할 때와는 딴판으로 쓸쓸

한 눈빛을 뿜으면서 말했다.

"나은이는 이 마을을 떠난 지 오래됐거든."

아직 해가 중천일 때 은호와 도희는 호프집을 떠났다. 수빈의 친구들에 대해 이야기해 주고 반대로 근황을 물어 오는 아저씨에게 대한민국 수험생의 생활상을 낱낱이 알려 준 다음이었다. 밖으로 나온 은호와 도희는 다른 상인들의 시선을 무시하며 빠르게 상점 거리를 벗어났다. 그길로 계속 앞으로 나아가다 보니 어느 순간 주위가 다시 조용해졌다. 그제야 두 사람은 아까부터 나누고 싶었던 이야기를 꺼냈다.

"확실하지? 나은 누나가."

"확실해. 우리의 스토커는 나은 언니였어."

사실, 굳이 따지자면 두 사람이 대면한 스토커의 모습과 사진 속 나은의 모습은 꽤 차이가 있었다. 야심한 시각과 선글라스 때문에 얼굴을 잘 못 보긴 했지만, 어쨌든 스토커의 생김새는 제법 날렵했다. 분위기도 차갑고 도회적이었다. 긴 머리를 휘날리며 앳된 얼굴 위로 장난기 어린 웃음을 띠고 있던 사진 속 나은과는 분위기가 달랐다. 하지만 은호와 도희는 스토커가 곧 나은이라고 믿었고, 극적인 외형 변화를 어렵지 않게 납득했다.

"시간이 많이 흘렀잖아."

은호가 말했다.

"십이 년이면 얼굴도 분위기도 전부 변하고도 남지."

은호의 장담에 도희가 동의했다. 세월이 세월이니만큼 다른 사람처럼 보여도 이상한 일이 아니라며 맞장구를 쳤다. 하지만 그 즉시, 무언가 이상하다는 듯 표정을 바꿨다. 그리고 조심스레 한 가지 의문을 표했다.

"그런데 왜 언니는 십이 년이나 지나서 우릴 찾아왔을까?"

도희의 합당한 의문에 은호도 동감했다.

"그러게. 최근에 무슨 일이 있었나?"

"무슨 일?"

"그거야 모르지."

은호는 일단 답변을 피했다. 그리고 또 다른 의문을 얹었다.

"그러고 보니 하필 나은 누나인 것도 이상하지 않아?"

"뭐가?"

"수빈이 형한텐 친한 친구가 네 명 있었다며. 그중 왜 그 누나만 우릴 찾아온 거야?"

"그것도 그렇네. 둘이 더 특별한 사이였나?"

도희가 의문을 의문으로 받았다. 어째 두 사람의 대화는 마침표보다 물음표로 끝나는 경우가 더 많았다. 이제는 이 상황에 익숙한 그들은 이쯤에서 입을 다물고 길목을 따라서 걸었다.

머잖아 눈앞에 담벼락이 나타났다. 안으로 향하는 유일한 아치형 입구 너머로 건물 몇 채가 보였다. 이 마을의 유일한 교육 기관인 '소소리 학교'였다.

"소소리 학교는 초, 중, 고가 통합되어 있대."

교문을 통과하면서 은호가 말했다. 마을에 오기 전 미리 조사해 둔 정보였다.

"공립 학교라 재정 지원을 많이 받는다더라."

과연 학교 건물은 마을의 다른 건물들에 비해 크고 높았다. 4층짜리 건물 세 채가 붙어 있고, 3층짜리 건물 한 채가 동떨어져 있는 모양새였다. 운동장에는 고운 입자의 황토색 모래가 깔려 있고, 한편에 주차장이 있었다. 전반적으로 관리가 잘되어 있는 느낌이었다. 하지만 방학이라 그런지 학생은 한 명도 보이지 않았다. 주차장도 텅 비어 있었다.

은호와 도희는 교문 옆에 있는 빈 보안관실을 힐끔 보고는, 인적 없는 운동장을 가로질렀다. 그리고 가장 가까이에 있는 건물로 향했다. 도희가 손바닥으로 유리문을 밀자 저항 없이 열렸다. 그 순간, 은호는 갑자기 조심스러워졌다.

"이렇게 막 들어가도 되나?"

하지만 도희는 이미 건물 안으로 발을 넣은 뒤였다.

"뭐 어때? 사유지도 아닌데."

도희의 거침없는 인도에 따라 은호도 건물 안으로 들어갔다. 두 사람은 나란히 긴 복도를 걸었다. 예상은 했지만 실내에도 사람은 없었다. 뚜벅뚜벅. 은호와 도희의 발소리만이 여름 햇살과 잔잔한 고요를 품은 따스한 복도에 울려 퍼졌다.

1층을 통과한 두 사람은 계단을 올랐다. 그대로 2층 복도를 직진하다 갑자기 옆으로 발길을 틀어서 한 교실로 향했다. 2학년 1반이었다. 특별한 이유는 없었다. 그냥 그 교실만 다른 교실들과 달리 앞문이 열려 있어서였다.

소소리 학교의 교실은 은호나 도희네 학교의 교실과 별반 다르지 않았다. 책걸상의 수가 적다는 차이만 있었다. 교실에 들어선 은호는 교탁 쪽으로, 도희는 사물함 쪽으로 걸어갔다. 그대로 각각 교실을 반 바퀴 돌고 난 뒤, 열려 있는 한 창문 앞에서 다시 만났다.

은호와 도희는 창가에 붙어 밖을 내다봤다. 이 자리에서 보는 풍경은 십이 년간 그대로였을 것이 분명했다. 두 사람은 아마도 수빈과 나은이 보았을 창밖 풍경을 눈에 담았다. 하지만 머잖아 도희의 시선이 움직였다. 아무도 없는 텅 빈 운동장에 금방 흥미가 떨어진 그녀는 무심결에 페인트칠이 지저분하게 벗겨진 창턱을 보았다. 그곳엔 오래전에 누군가 사인펜으로 남긴 듯한 낙서가 있었다. 색이 바래고 선이 듬성듬성 끊어진 일곱 개의 도형이었다.

작은 동그라미와 그 주위로 뻗은 여섯 개의 작대기.

곧바로 도희는 그 도형들이 무엇을 형상화한 건지 알아챘다. 바로 태양이었다.

"누가 저런 걸."

도희가 작은 소리로 중얼거렸다. 그때 은호도 도희의 시선이 닿아 있는 곳을 보았다. 그리고 태양 모양의 낙서를 발견하자마자 고개를 갸웃했다.

"그러게. 굳이 저런 곳에 왜? 정성이다."

바로 그때였다. 은호의 말이 끝나기 무섭게 교실 밖에서 인기척이 났다. 뚜벅뚜벅. 난데없이 누군가의 발소리가 들렸다. 은호와 도희는 빠르게 주의를 돌려 후다닥 앞문으로 달려갔다. 그리고 빼꼼 고개를 밖으로 내밀어 상대를 확인했다. 멀지 않은 곳에서 한 남자가 다가오고 있었다.

주머니에 손을 찔러 넣은 채 성큼 걷는 체격 좋은 남자.

초면이지만 은호와 도희는 그가 누군지 알아보았다. 사진으로 보았을 때보다 키가 더 크고 어깨가 넓어서 위압적인 분위기가 풍겼지만 틀림없었다. 그는 현재 이 학교에서 체육 선생으로 있다던 수빈의 친구, 지훈이었다.

체육관 문이 열렸다. 천장이 높고 바닥이 매끈한, 드넓은 실내 공간이 드러났다. 저 멀리 구석에 십여 개의 농구공들이 뒹

굴고 있었다.

"이것들이 놓았으면 치우고 가라니까."

지훈이 툴툴거리며 안으로 들어갔다. 그 모습을 문가에서 은호와 도희가 멀뚱히 지켜봤다.

한 시간 전, 2학년 1반 교실 앞에서 처음 마주했을 때도 그랬다. 은호와 도희는 갑자기 등장한 지훈을 보고 놀라서 멀뚱멀뚱 서 있었다. 그때 지훈이 그들을 발견했다.

"어?"

잠시 멈칫한 그는 이내 가까이 다가오며 말했다.

"너희들 맞지? 박은호랑 차도희."

알려 주지 않은 이름을 먼저 언급한 지훈은 은호와 도희의 입에서 맞다는 말이 떨어지기 무섭게 자기소개를 했다. 스스로를 설명할 수 있는 여러 수식어 중 딱 하나만 썼다.

"난 류지훈이야. 수빈이 친구."

그리고 너희가 마을에 왔다는 이야기를 들었다면서, 안 그래도 보고 싶었는데 잘되었다고 심경을 밝힌 뒤, 방금 전 은호와 도희가 나온 빈 교실을 힐끗 보았다.

"근데 여기서 볼 줄은 몰랐네. 뭐 하고 있었어?"

그 순간 은호와 도희는 괜히 움찔했다.

"아무것도 안 했어요."

"그냥 둘러보고 있던 거예요."

자신들도 모르게 변명하듯 말했다.

"그래? 이 학교에 딱히 볼 건 없을 텐데."

지훈은 대수롭잖게 반응했다. 그러더니 갑자기 의미심장하게 표정을 바꾸고 은호와 도희를 내려봤다.

"그래도 굳이 볼 마음이 있다면 말이야."

그리고 사실상 선언과 다름없는 제안을 했다.

"내가 안내해 줄게."

이후 지훈은 막무가내로 앞장서서 걷기 시작했다. 빠른 걸음으로 십 분이면 둘러볼 것 같은 건물을 삼십 분 넘게 돌아보았다. 그럴 수밖에 없었다. 열 걸음에 한 번꼴로 걸음을 늦추며 입을 열었기 때문이다.

한 교실 앞을 지날 때 지훈은 이렇게 말했다. 여긴 수빈이와 내가 중1 때 쓰던 교실이야. 저 창문 보이지? 수빈이가 야구공으로 깨서 교체한 거야. 과학실 앞을 지날 땐 이런 얘기를 했다. 여긴 옛날에 양호실이었어. 수빈이는 자주 여기서 낮잠을 잤어. 매점 앞을 지날 땐 이런 정보를 줬다. 수빈이는 초코빵을 좋아했어. 초코케이크를 먹고 나서도 바로 초코빵을 사 먹을 정도였지. 그러다 매점을 지나쳐서 뒤늦게 혼잣말을 했다. 아, 근데 우유는 꼭 딸기우유만 마셨다.

겉보기와 달리 지훈은 상당히 수다스러웠다. 수빈에 대해 이야기하길 조심스러워하던 호프집 아저씨와는 대조적이었다. 그는 마치 곧 사라질 마을의 역사를 하룻밤 새 이방인에게 전달해야 하는 사명을 지닌 촌장님처럼 아는 이야기를 있는 대로 쏟아 냈다. 하지만 그 태도에 비장함은 없었다. 도리어 가볍고 초연했다.

"수빈이는 농구를 좋아했어."

체육관 구석에서 굴러다니는 농구공들을 집으며 지훈이 큰 소리로 말했다.

"걔가 원래 웬만한 운동을 다 좋아하긴 했는데, 고1 겨울에는 유독 농구에 꽂혔었어. 그놈의 농구 만화책을 못 보게 했어야 하는데. 수업만 끝나면 여기서 한 게임 뛰자고 해서 피곤해 죽는 줄 알았다고. 뭐 덕분에 키가 좀 큰 거 같긴 하지만."

지훈은 품에 안은 농구공들을 우르르 바구니에 쏟아부으며 입꼬리를 올렸다. 학교를 둘러보는 내내 그는 이런 식이었다. 새로운 공간에 입장할 때마다, 그곳에서 수빈이 했던 일들을 장난스럽게 툭 던지듯이 알려 주었다.

도서관에서는 한때 고전 소설에 탐닉했던 수빈이 하루 종일 예스러운 말투를 써서 괴로웠다며 웃었고, 급식실에서는 잠시 요리에 관심을 두었던 수빈이 생일상을 차려 준다고 했다가 학교에 불을 낼 뻔했다며 한숨을 쉬었다. 방송실에서는 원래 기계를 좋아했던 수빈이 방송용 기기를 분해했다가 교장 선생님께 혼이 났었다며 미소를 지었고, 음악실에서는 한

창 작곡에 빠졌던 수빈이 새벽까지 혼자 피아노를 치다가 본의 아니게 음악실 괴담을 만들어 냈다며 낄낄거렸다.

이같이 시종일관 지훈이 실없이 굴자, 은호와 도희는 당황했다. 자신들이 뭐라고, 진짜 친구가 즐겁게 추억을 떠올리는 와중에 심각해지거나 침울해지는 것도 웃겨서 그냥 장단을 맞추었다. 처음엔 어색했으나 금방 익숙해졌다. 자연스럽게 분위기에 젖어 들어서 체육관에 들어갔을 즈음엔 지훈을 따라서 편하게 웃게 되었다.

장장 두 시간이 소요된 학교 탐방의 마지막 장소는 교무실이었다. 혼자서만 떠들고도 아직 체력이 남아도는 지훈은 어느새 녹초가 되어 버린 은호와 도희를 데리고 자신의 책상으로 갔다. 그리고 의자를 내어 주면서 물었다.

"수빈이에 대해 더 궁금한 건 없어?"

은호와 도희는 바로 고개를 저었다. 당장은 뇌리에 쏟아부어진 정보를 처리하기도 벅차서였다. 그들은 지훈이 건네준 주스를 마시며 잠시 머리를 식혔다. 그러면서 자연스레 지훈의 책상에 놓인 액자들을 보았다. 크기가 다른 네 개의 액자 속에는 각각 가족사진, 시상대에서 찍은 사진, 동료 수영 선수들과 찍은 사진, 고향 친구들과 찍은 사진이 들어 있었다.

은호와 도희는 특별히 마지막 사진에 눈길을 두었다. 이 학교의 어느 교실에서 다 같이 축제 준비를 하며 찍은 사진이었다. 그 현장에서 수빈과 나은은 다른 친구들보다 가까이 붙어 있었다. 그 모습을 본 순간, 은호는 문득 아까 가졌던 의문들을 떠올렸다. 수빈이 형의 친구들 중 왜 나은 누나만 우릴 찾아왔을까? 둘은 더 특별한 사이였나? 은호는 혼자 일어서서 서류를 뒤적이고 있는 지훈을 향해 뒤늦게 질문을 던졌다.

"혹시 수빈이 형한테 여자 친구가 있었나요?"

"여자 친구?"

곧장 지훈이 반응했다.

"아니."

예상과 다른 답변에 은호는 고개를 갸웃했다. 그때 지훈이 서류에서 은호와 도희에게로 시선을 돌리고 설명을 더했다.

"수빈이에게 조금 더 시간이 있었다면 아마도 여자 친구가 생겼을 거야. 하지만 그 일은 실제로 일어나지 못했어. 타이밍이 안 맞았거든. 아쉽지만, 이제는 그냥 지난 일이지."

만남 이래 처음으로 지훈이 진지한 표정을 지었다. 그리고 아주 중요한 일을 전하듯이 한 번 더 말했다.

"전부 지난 일이야."

11

오후 5시가 넘어서 은호와 도희는 소소리 학교를 떠났다. 나가는 길은 알지? 교무실에서 여유롭게 손 흔드는 지훈과 헤어져서 다시 거리로 나섰다. 아직 하늘은 파랗고 말갛다. 기차 시간은 한참 남아 있었다.

은호와 도희는 발치에 펼쳐진 길을 따라 걸었다. 딱히 목적지를 정하지 않고 나아가며 지훈이 들려준 수빈에 대한 일화들을 떠올렸다. 까먹기 전에 기억 창고에 저장하고, 그새 까먹은 일화들은 서로에게 알려 주었다. 그러는 사이, 좁아진 길은 도로의 가장자리와 이어졌다.

눈앞에 탁 트인 4차선 도로가 나타나는 순간, 은호와 도희는 내면으로 향해 있던 의식을 바깥으로 돌렸다. 상점 거리를 발견했을 때와 같은 이유에서였다. 주변 풍경이 눈에 익었다.

은호의 아빠 핸드폰 사진첩에서 보았던 장소 근처였다.

은호와 도희는 쾌청한 공기를 마시며, 차가 잘 지나지 않는 도로 옆을 지났다. 어깨가 닿을락 말락 한 간격을 아슬아슬하게 유지하며 나란히 걸었다. 그러자 머잖아 저 멀리 낯익은 물체가 나타났다. 오래된 표지판이었다.

표지판의 상태는 사진으로 보았을 때와 마찬가지로 형편없었다. 칠이 거의 지워져 있어서 바로 밑에서 올려다보아도 글자를 알아보기가 어려웠다. 그나마 '소소리'라는 지명을 이미 알고 있어서 이 표지판이 '소소리 해변'으로 향하는 길을 가리킨다는 사실을 유추할 수 있었다. 해변은 멀지 않은 곳에 있었다. 조금만 직진해서 돌계단을 내려가면 금방 도착하는 듯했다.

"가 볼래?"

은호가 물었다. 하지만 도희는 다른 일에 정신이 팔려서 대답하지 않았다. 도희의 의식을 사로잡은 것은 낙서였다. 표지판 하단에 있는 태양 모양의 낙서. 도형의 형태로 추정컨대 학교에 낙서를 한 인물과 동일인이 그린 듯했다.

'어째서 저기에도?'

도희가 의문을 품었다. 그때 은호가 재차 물었다.

"응? 해변에 가 보겠냐고?"

그제야 은호의 또렷한 목소리를 들은 도희는 자신과 상관없는 낙서에 대한 생각을 머릿속에서 지우고 대답했다.

"어? 아! 가야지. 기왕에 이 마을까지 왔는데. 그 해변은 보고 가야지. 그런데 꼭 지금 가야 해?"

"아니면 언제 가려고?"

도희는 대답하기에 앞서 주머니에서 작은 쪽지를 꺼냈다. 헤어지기 전 지훈이 준 것이었다. 토박이만 줄 수 있는 일급 정보이니 소중히 간직하라고 신신당부하며 건네준 소소리 마을의 '맛집 리스트'였다. 도희가 쪽지를 펼치며 제안했다.

"우리 점심도 걸렀잖아. 밥부터 먹고 가면 안 될까?"

마침 슬슬 허기를 느끼고 있던 은호는 동의했다.

"좋아."

그리고 도희 쪽으로 한 발짝 다가갔다. 두 사람은 가까이 붙어 서서 쪽지를 보았다.

"메뉴는 역시 해산물이 좋겠지?"

"당연하지. 바다 근처니까."

"회 어때? 회덮밥이나 초밥도 맛있겠다."

"생선구이도 괜찮아. 아, 해물탕집도 있다. 여긴 어때?"

"좋아. 그런데……."

도희가 말끝을 흐리다 조심스럽게 물었다.

"너 용돈 얼마나 남았어?"

"아……. 아직 좀 있긴 한데. 너는?"

"나도 있긴 있는데…….”

뒤늦게 주머니 사정이 생각난 은호와 도희는 메뉴 선정에 부쩍 소극적으로 바뀌었다.

"저기, 해물라면 어떻게 생각해?”

"나쁘지 않은 것 같아.”

그때였다.

"너희들, 혹시 밥 먹을 곳을 찾고 있니?”

갑자기 등 뒤에서 낯선 목소리가 들렸다. 은호와 도희는 동시에 돌아봤다. 그러자 어느샌가 기척도 없이 다가와 있던 한 아주머니가 보였다. 푸근한 인상의 아주머니는 은호와 도희의 이목을 끌자마자 반색하며 친근하게 물었다.

"어디로 갈지 정했어?”

은호와 도희는 얼떨떨해하며 아직 아니라고 대꾸했다. 그 순간, 아주머니가 활짝 함박웃음을 지었다. 그리고 좀처럼 거절하기 어려운 초대를 전했다.

"그럼 우리 가게로 와!”

햇살 가득한 아담한 가게 안, 정중앙 테이블에 은호와 도희가 마주 앉았다. 오래지 않아 음식이 나왔다. 앞치마를 두른 아주머니가 커다란 쟁반에 가지고 온 그릇들을 차례로 내렸다. 테이블 가득 백반 한 상이 차려졌다. 어째선지 해산물보다 고기와 나물 반찬이 더 많았지만 딱히 불만은 없었다.

"너희들에게 한 끼를 대접해 주고 싶거든."

이렇게 말하며 백반집으로 초대해 준 아주머니의 요리 실력이 뛰어났기 때문이다. 은호와 도희는 정성스럽게 차려진 반찬들을 골고루 먹었다. 그동안 주변 테이블에 앉은 손님들이 힐끔거렸지만, 경계할 정도는 아니었다. 관심의 이유는 단지 호기심인 듯했다. 은호와 도희는 기껏해야 쳐다보기만 할뿐, 말까진 붙이진 않는 십수 명의 사람들을 크게 신경 쓰지 않고 음식에만 집중했다. 하지만 평화로운 식사 시간은 그리 오래가지 않았다. 도저히 신경을 안 쓰려야 안 쓸 수 없는 한 사람이 나타났기 때문이다.

쾅!

그 사람은 백반집 문을 세차게 열면서 등장했다. 그리고 은호와 도희를 보자마자 반갑게 외쳤다.

"너희들이구나!"

은호와 도희는 상대가 누군지 바로 알아보았다.

"난 신세미야. 수빈이 친구."

세미는 사진으로 보았을 때와 크게 다르지 않았다. 아니, 세월을 감안하면 신기하리만치 비슷했다. 깜찍한 인상이며 개성 있는 차림새에다 어딘가 자유분방한 분위기까지. 세미는 빠르게 은호와 도희의 곁으로 다가와서 합류해도 되겠냐고 묻고는, 된다는 허락이 떨어지기 무섭게 빈자리에 앉아서 거친 숨을 골랐다.

"너희가 여기 있단 얘길 듣고 뛰어왔어. 자! 이건 선물."

그리고 작은 꾸러미 두 개를 내밀었다. 안에는 수제 쿠키가 들어 있었다.

"오는 길에 남편 가게에서 가져왔어. 내 가게에선 마땅히 갖다줄 게 없어서. 나는 네일 아트 일을 하고 있거든. 내 솜씨야 엄청나지만 여기서 실력 발휘를 할 수는 없으니, 그냥 줄 수 있는 것으로 갖고 왔지. 맛은 보장해."

초면에 스스럼없이 말을 붙이는 세미의 태도는 어쩐지 지훈과 비슷했다. 그보다 조금 더 활력이 넘친다는 차이만 있었다. 그때 세미가 갑자기 지훈을 언급했다.

"참, 너희 학교에서 지훈이랑 만났다며? 어땠어? 안 어색했어?"

근심이 묻은 목소리로 이렇게 덧붙여 말했다.

"걔가 워낙에 말이 없는 편이라."

그 순간, 은호와 도희는 귀를 의심했다. 네? 누가 말이 없다고요? 두 사람은 절대적으로 대화의 주도권을 쥐고 있던 지훈의 모습을 떠올리고 뒤늦게 생각했다. 어쩌면 그가 꽤 무리했던 걸지도 모른다고 말이다. 그러고 보니 수업이 없는 학교에 지훈이 나온 이유는 잔업을 하기 위해서였을 텐데, 그는 전혀 그런 내색을 하지 않았다. 마치 시간이 남아도는 사람처럼 은호와 도희에게 수빈의 모든 것에 대해 알려 주려고 들었다. 그리고 이어지는 세미의 말로 추정컨대, 그녀 역시 같은 이유로 이곳까지 달려온 듯했다.

"혹시 수빈이에 대해 더 궁금한 게 있다면 나한테 물어봐! 내가 지훈이보단 잘 대답해 줄 수 있으니까. 뭐든지 다 말해 줄게!"

이런 세미의 호의를 무색하게 만들지 않기 위해 은호와 도희는 재빨리 머리를 굴렸다. 잠시 뒤, 먼저 질문을 떠올린 도희가 말했다.

"수빈 오빠는 꿈이 뭐였어요?"

"꿈?"

세미가 뜻밖의 소리를 들었단 듯 한 번 되묻고는 답했다.

"몰라."

아니, 불과 오 초 전에 뭐든지 다 말해 준다면서요. 도희가 마음의 소리를 숨기지 않고 표정에 드러냈다. 그러자 세미가 까르륵 웃으며 대꾸했다.

"진짜 아무도 몰라. 수시로 바뀌었거든. 걔 하고 싶은 게 너무 많았어."

그 말에 은호가 충분히 그럴 수 있단 뜻을 밝혔다.

"아무래도 다재다능하셨으니까요."

"다재다능?"

세미가 이번에도 뜻밖의 소리를 들었단 반응을 보였다. 그러자 은호가 지훈에게서 들었던 얘기들을 언급했다. 장난스러운 일화들 속에서 엿보이던 책을 많이 읽고, 요리를 좋아하고, 기계를 잘 다루고, 작곡에 심취하고, 운동을 곧잘 했던 수빈의 모습에 대해서 말이다. 그제야 세미는 은호의 말뜻을 이해했다는 듯 격하게 끄덕이며 반응했다.

"아아. 맞아. 걔가 그랬었지. 이것저것 여러 일 하길 좋아했어. 그렇지만…… 그냥 좋아했던 거야. 뭐 하나 딱히 잘하진 않았어."

세미는 한 치의 주저함 없이, 생글생글 웃으면서 사실을 바로잡았다. 그때였다. 옆 테이블에 앉은 아주머니 한 분이 스리슬쩍 대화에 끼어들었다.

"에이, 뭘 또 잘하는 게 없었대. 수빈이가 얼마나 손재주가 좋았는데. 우리 미용실이 수해를 입었을 때, 걔가 나서서 페인트칠을 다 해 줬었다고."

곧바로 세미가 반박했다.

"그거 사실 제가 거의 다 한 거예요. 걔가 도와 달라고 꼬셔서."

그러자 다른 테이블에 앉은 남자가 말을 보탰다.

"아니, 그래도 베이킹 같은 건 제법 잘하지 않았어요? 제가 이 마을에 처음 발령받아서 혼자 생일을 보내고 있을 때, 직접 케이크를 만들어서 갖다줬었거든요."

하지만 여지없이 세미는 반박했다.

"그건 개한테 넘어가서, 바우가 해 줬을 거예요."

바로 그 순간, 갑자기 이 테이블 저 테이블에서 사람들이 한마디씩을 하기 시작했다.

"왜 내가 다리 수술해서 잠깐 휠체어 탔을 때 있잖아. 그때 걔가 일주일에 한 번씩 장을 봐다 줬어. 본인은 운동 삼아 하는 거라고 별일 아니랬는데, 솔직히 별일이지 않아?"

"십사 년 전인가. 프러포즈를 하려고 했을 때, 그 친구가 같이 아이디어를 짜 줬어요. 밤새도록 해변가에서. 뭐 결과적으로 그 프러포즈는 망하고, 결혼은 딴 여자랑 했지만. 이상하게 그 밤만은 가끔 생각나더라고요. 엄청 즐거웠는데."

"수빈이가 낚시 운 하나는 완전 타고났었죠. 우리 아저씨랑 종종 내기 낚시를 했는데, 그때마다 한 번을 안 봐주고 이겨먹고 갔어요. 그래도 우리 아저씨는 그 애가 오면 참 좋아했어요. 변변한 친구 하나 없는 양반이니까."

짧은 순간, 백반집 안이 전보다 소란스러워졌다. 어느새 주인아주머니까지 손님들 사이에 끼여 앉아서 소란을 키웠다.

"내가 힘들게 다이어트했을 때 말이야. 쫄쫄 굶어도 아무도 몰라줘서 너무 속상했는데, 걔만 딱 알아봐 줬어. 눈썰미가 그렇게 좋았다니까. 지나가는 말로 아줌마 예뻐졌다고 한마디

해 주는데, 그게 이 아줌마 마음에 어찌나 꽂히던지. 덕분에 요요가 안 왔지."

한동안 은호와 도희는 소란에 귀를 기울였다. 가만 들으면 모든 이야기가 미담이었는데, 마을 사람들이 고인을 위해 일부러 좋은 말만 골라 하는 것 같진 않았다. 이 자리에서 그래야 할 이유가 없을뿐더러 말할 때의 표정들이 실제로 밝았기 때문이다. 미소를 머금느냐 폭소를 터트리느냐 정도의 차이만 있을 뿐, 수빈을 입에 올린 사람들은 하나같이 웃었다. 호프집 아저씨와 지훈이 그랬던 것처럼. 그때였다.

"괜찮은 인생이지 않아?"

슬그머니 소란의 불씨를 지펴 놓고 어느새 본인은 쏙 빠져서 사람들의 이야기를 경청하고 있던 세미가 간만에 목소리를 내었다. 은호와 도희는 반사적으로 세미를 보았다. 하지만 세미는 그들을 보지 않고, 사람들을 보면서 이야기를 이어 갔다.

"떠난 지 오래됐지만, 아직도 모두를 저렇게 웃게 만들고 있잖아."

그렇게 말하는 세미 역시 웃고 있기는 마찬가지였다. 그녀는 수빈에 대해 즐겁게 떠드는 사람들을 보며, 흐뭇한 미소를 짓고 있었다. 은호와 도희는 그런 세미를 가만히 바라보았다. 그러자 잠시 뒤, 세미가 천천히 두 사람에게로 고개를 돌렸다.

그리고 생긋, 조금 전보다 밝은 웃음을 보이며 말했다.

"수빈이는 잘 살았어. 너희는 그것만 기억하고 떠나면 돼."

12

소소리 마을을 두른 하늘이 붉어졌다. 바다도 같은 색으로 물들었다. 은호와 도희가 마을에 들어온 지 열 시간이 되어 갈 무렵, 드디어 날이 저물기 시작했다. 온 마을에 노을빛이 내리면서 백반집 실내도 불그스름해졌다. 그때쯤 은호와 도희는 자리에서 일어났다.

두 사람이 거리로 나서자 세미와 주인아주머니가 밖으로 나와서 배웅했다. 멀리서도 볼 수 있도록 오랫동안 머리 위로 손을 흔들어 주었다. 다정한 인사를 받으며 은호와 도희는 걸음을 옮겼다. 언덕을 내려온 이래 처음으로 목적지를 가지고, 기차역으로 향했다.

"결국 해변에는 못 갔네."

문득 어긋난 일정을 떠올린 은호가 말했다.

"어쩔 수 없지. 대신 수빈 오빠에 대해서 많이 알게 됐잖아."

도희가 대꾸했다. 사실이었다. 두 사람은 소소리 마을에서 쓸 수 있는 한정된 시간을 십이 년 전 사고가 벌어졌던 해변을 둘러보는 대신 수빈에 관한 이야기를 듣는 데에 썼고, 그 선택이 더 의미 있었다고 여겼다.

백반집에서 여러 이야기를 통해 알게 된 수빈은 호기심이 많고 친화력이 뛰어난 사람 같았다. 때에 따라 섬세하고, 비상하고, 무모한 면도 있던 듯했다. 한마디로 맨 처음 호프집 아저씨가 일러 준 대로 재미난 사람이었다고 추측됐다.

노을 진 골목을 걷는 동안, 은호와 도희는 말을 아낀 채 각자 수빈에 대한 생각을 계속 했다. 그때 은호는 지난 며칠간 머릿속을 떠돌던 음산한 안개가 어느 결에 걷혔다는 사실을 깨달았다. 그 안개는 제대로 된 이름과 형체를 지닌 한 사람의 모습으로 변해 있었다. 도희 역시 오늘 하루만큼은 꿈속을 헤매는 듯한 답답한 기분에서 벗어났다는 사실을 알아챘다. 도무지 실제라고 믿을 수 없던 일이 사실로 다가오면서 현실 감각을 되찾은 느낌이 들었다.

"우리 이 마을에 오길 잘한 거지?"

골목을 빠져나갈 때쯤 도희가 나직이 물었다.

"그렇다고 생각해. 헌화도 했고, 여러 의문도 풀렸으니까."

은호가 솔직히 의견을 밝혔다. 확실히 추모만을 목적으로 소소리 마을에 방문했던 은호와 도희는 뜻밖의 상황과 사람들의 호의 덕분에 기대 이상의 많은 정보를 얻게 됐다. 가장 궁금했던 수빈의 얼굴을 보았고, 그와 관련한 일화들을 들었으며, 심지어 단발머리 스토커의 정체까지 알게 되었다. 여전히 나은이 왜 갑자기 자신들을 찾아왔는지 알지 못했지만, 그 답은 이 마을에 더 머무른들 알 수 없을 터였다. 이제는 그만 마을을 떠나야 할 때였다.

은호와 도희는 터덜터덜 기차역을 향해 걸어갔다. 집으로 돌아가서 오늘 소소리 마을에 방문했던 사실을 알릴지는 아직 정하지 않았다. 십이 년이나 사고 사실을 숨긴 부모님이라면 틀림없이 걱정과 유감을 표할 텐데. 은호와 도희는 그들을 안심시키며 괜찮다고 말할 자신이 부족했기 때문이다. 그래서 일단 결정을 미루었다. 하지만 어떤 결정을 내리든 간에 무사히 집으로 돌아가는 것이 먼저였다. 두 사람은 점점 저물어가는 태양을 보며 조금씩 걸음을 빨리했다. 그런데 그때.

"잠깐만."

길 한복판에서 갑자기 은호가 멈춰 섰다.

"왜 그래?"

도희는 은호를 쳐다보았다가 그의 시선이 향해 있는 담벼락 쪽으로 눈길을 돌렸다. 그곳에는 발견 즉시 멈춰 설 수밖에 없는 것이 있었다. 번호판이 3003인 하얀색 경차였다.

"오랜만이야."

운전석에서 나은이 말했다. 창밖으로 한 팔을 내밀고 손짓한 그녀의 부름에 따라 일단 차에 탑승한 은호와 도희는 뒷자리에 앉기 무섭게 질문을 던졌다.

"누나가 왜 여기에 있어요?"

"설마 아직도 우리를 스토킹하고 있던 거예요?"

나은은 단호히 답했다.

"아니야."

그리고 뒷좌석으로 고개를 돌렸다. 처음으로 선글라스를 끼지 않은 맨얼굴을 보였다. 가려져 있던 눈이 드러나자, 전에 봤을 때와는 인상이 사뭇 달랐다. 여전히 날렵한 감이 있었지만, 그래도 한결 청순하고 수수한 느낌이 들었다. 사진으로 본 고등학생 때의 모습이 많이 남아 있었다. 처음 듣는 청아한 목소리 또한 얼굴과 잘 어울렸다. 나은이 말했다.

"난 며칠 전부터 이 마을에 있었어. 그러다 낮에 우연히 너희가 이곳에 왔단 사실을 알게 돼서 기다렸어. 잠깐 우리끼리 얘기할 수 있을 때를."

"왜요?"

"사과할 일이 있잖아."

나은이 표정을 가다듬고 말을 이었다.

"스토킹 같은 짓을 해서 미안해. 나쁜 뜻은 없었어. 그냥 갑자기 너희가 어떻게 사나 궁금했을 뿐이야. 그리고……"

뒤이어 고개를 푹 숙이고, 정식으로 사과했다.

"그 사고를 알게 해서 정말로 미안해."

갑작스러운 상황에 은호와 도희는 당황했다. 그들은 잠시 멈칫했다가 곧 허둥거리며 대응했다.

"괜찮아요. 딱히 거짓말을 한 건 아니잖아요? 악의가 있던 것도 아니고."

"맞아요. 그리고 따지고 보면, 수빈 오빠에 대해 알게 된 게 완전 언니 때문은 아니죠. 저희가 뒷조사한 것도 있으니까. 너무 신경 쓰지 마세요."

잠시 뒤 나은이 천천히 고개를 들었다. 그 순간 은호와 도희는 서둘러 화제를 바꿨다.

"근데 누나, 정말로 이 마을에 며칠씩이나 있었어요?"

"언니가 온 줄 아무도 모르는 거 같던데요?"

"갑자기 왜 돌아왔어요?"

"고향에 와서 왜 몰래 다니는 거예요?"

막무가내로 자신들이 궁금한 질문을 퍼부었다. 하지만 나은은 그 어떤 질문에도 답하지 않았다. 동요하지도 않았다. 누가 봐도 흥분 상태인 은호와 도희를 차분한 낯빛으로 보며 침묵을 고수하다가, 어느 정도 시간이 지난 뒤에야 겨우 이 한

마디를 했다.

"기차역까지 데려다줄게."

명백하게 은호와 도희의 질문에 대답할 생각이 없다는 표현이었다. 곧바로 나은은 시동을 걸었다. 전방 창문을 응시하며 운전에만 집중했다. 그동안 은호와 도희는 더 질문을 던지지 못했다. 그럴 처지도 분위기도 아니었기에 일단 잠자코 있었다.

머잖아 목적지가 나타났다. 다홍빛 하늘 아래 불 켜진 기차역이 보였다. 나은은 역의 정문에서 조금 떨어진 곳에 차를 세웠다. 눈치껏 은호와 도희는 내릴 준비를 했다. 뒷문을 보며 잠금장치가 풀리길 기다렸다. 그런데 한참이 지나도 나은이 문을 열어 주지 않았다. 무언가 이상한 낌새를 느낀 은호와 도희는 운전석을 보았다. 바로 그때, 나은이 고개를 떨궈서 머리칼로 얼굴을 가린 채 속삭였다.

"사실은 얼마 전부터 이상한 꿈을 꾸고 있어. 그래서 돌아왔어."

맥락이 전혀 이해되지 않는 말이었다.

"네?"

"그게 무슨 말이에요?"

곧바로 은호와 도희가 되물었다. 하지만 나은은 핑계를 대며 자세한 설명을 거부했다.

"더 얘기하면 너희는 내가 제정신이 아니라고 할 거야."

그리고 뒤늦게 뒷문의 잠금장치를 풀었다. 나은의 냉담한 기세에 눌린 은호와 도희는 더 대화를 이을 생각을 하지 못하고 순순히 차에서 내렸다. 곧장 운전석 쪽 창문이 열렸다.

"데려다주셔서 감사합니다."

나은의 표정 없는 옆얼굴을 보며 은호와 도희가 말했다. 여러모로 상황이 석연찮긴 했지만, 어쨌든 예의 바르게 인사를 건넸다. 그리고 나은에게서도 상투적인 인사말이 돌아오길 기다렸다. 그런데 가급적 훈훈해야 할 작별의 순간, 마지막으로 나은이 뱉은 말은 의외였다.

"나는 제정신이야. 그 어느 때보다."

끝까지 이해되지 않는 말을 남긴 그녀는 도망치듯 붉은 거리 저편으로 떠났다.

13

눈앞에 짙은 어둠이 펼쳐져 있다. 불 꺼진 이곳은 거실이다. 한때는 많은 사람들이 드나들었지만 오래전에 모두의 왕래가 끊긴, 온기 없는 거실.

몇 시간 전, 기차역에서 아이들을 떠나보낸 나는 홀로 이곳을 찾았다. 예전엔 하루에도 몇 번씩 왔던 집인데 십이 년 만에 발길 하려니 생각보다 쉽지 않았다. 이 집도, 이 집으로 향하는 길도, 그리고 나도 너무 많이 변해 버린 탓이다. 누구의 손길도 받지 못한 채 긴 세월 방치된 집 안의 물건들은 처음엔 하나도 변하지 않은 것처럼 보였다. 하지만 그렇지 않다는 사실을 깨닫기까진 그리 오랜 시간이 걸리지 않았다.

나는 손에 쥔 카메라를 들어 올린다. 먼지 쌓인 소파에 앉기 전, 2층 방에서 찾아낸 것이다. 열여덟 살의 내가 두 달 동안 아르바이트를 해서 샀던 당대 최신형 카메라. 너무나 소중해서 어디나 들고 다니던 그 카메라는 내가 마지막으로 둔 상태 그대로 방 안에 있었다.

몇 번 쓰지도 못하고 고물이 되어 버린 카메라를 나는 눈가에 댄다. 눈을 가늘게 뜨고 뷰파인더를 바라보자 금방 익숙한 풍경이 펼쳐진다.

환하게 불 켜진 거실에 우리가 있다. 학교가 끝나자마자 우르르 몰려온 터라 모두 교복 차림이다. 세미는 새로운 화장법을 연마하겠다며 눈꺼풀을 치켜들고 아이라인을 그리고 있다. 바우는 그런 세미를 핸드폰 카메라로 몰래 찍으며 키득거린다. 근처 빈백에 누운 지훈은 그런 두 사람을 한심스레 쳐다보고 책을 읽는다. 만화책이다. 야! 너 설마 나 찍는 거야? 머잖아 세미가 바우의 촬영 사실을 눈치챈다. 지워라! 세미가 바우에게 달려든다. 왜? 평소랑 똑같구만! 넌 원래 이렇게 생겼어! 바우가 짓궂은 소리를 하며 도망간다. 야야, 치지 말라고. 지훈이 빈백을 치고 지나가는 바우를 타박하며 만화책에서 눈을 떼지 않는다.

이것은 꿈이 아니다. 환영도 아니다. 단지 기억이다. 잠을 자고 있지 않을 때에도 마음만 먹으면 언제든 꺼내어 볼 수 있는 기억.

야, 우리 언제까지 이런 애들이랑 놀아야 하냐? 세미가 나를 향해 외친다. 잘못 그린 아이라인이 눈썹까지 뻗어 있는 줄도 모르고, 뾰로통한 얼굴로 볼멘소리를 한다. 소파에 앉아 있던 나는 웃는다. 그때도 지금도 저항 없이 입꼬리를 올린다. 그때 풀썩. 갑자기 자리가 조금 꺼진다. 누군가 옆에 앉아서다. 굳이 돌아보지 않아도 누군지 알 수 있다. 익숙한 기척과 소파를 꺼트린 무게감으로 눈치챈다. 중력에서 자유롭지 못한 단단하고 따스한 육체를 지닌 수빈이다.

"나은아."

수빈이가 장난기 묻은 목소리로 말한다.

"아까 말이야."

또 시답잖은 소리를 하려나 보다. 나는 웃음기를 머금은 채 다음 말을 기다린다. 그런데 한참이 지나도 그는 아무 말도 하지 않는다. 아니다. 실은 내가 그가 할 말을 고르지 못한다. 그가 들려주었던 무수한 시답잖은 이야기들 중 어떤 것을 다시 들을지 결정하지 못해 기억 속을 헤맨다. 문득 가슴께가 서늘해진다. 나는 카메라를 내리고, 스르르 두 눈을 감는다.

눈꺼풀이 간지럽다. 따사로운 햇살이 느껴진다. 천천히 눈을 뜨자, 가로로 누인 장막이 열리듯 서서히 주변 풍경이 펼쳐진다. 이곳은 깜깜한 거실이 아니다. 환한 방 안이다. 십이 년 전 부모님과 함께 살던 집, 주택 2층 끝자락에 자리한 나의 방.

지금 나는 누워 있다. 기세 좋은 한낮의 열기를 피해, 바닥에 누워서, 미풍을 맞으며, 콜라를 마시다 깜빡 잠들었던 열여덟 살 때로 돌아와 있다. 눈을 뜨는 순간 시야에 가장 먼저 들어오는 것은 벽시계다. 시침이 숫자 3을 향해 있다.

이상한 꿈은 언제나 이 시간부터 시작된다. 낮잠에서 깨어난 직후인 오후 3시. 이때부터 수빈이가 사고를 당하기 직전인 오후 4시까지의 시간이 반복된다. 실제 취침 시간은 상관없다. 내가 약에 취해서 꼬박 열 시간을 자든, 잠을 안 자려고 버티다가 고작 오 분을 졸든, 이곳에서의 시간은 매번 단 한 시간이다.

나는 빠르게 바닥에서 일어난다. 창가로 다가가 조금 열려 있던 창문을 활짝 열고 하늘을 올려본다. 또다시 꿈이 시작되었다는 사실을 명확히 인지하고 밖으로 나간다. 곧바로 해변을 목적지 삼아 달린다. 조심해! 넘어질라! 몇몇 상인들이 주의를 줄 때도, 왜 그래? 뭐 급한 일 있어? 백반집 아주머니가 말을 걸 때도, 세미가 널 찾던데? 바우가 부르고, 야, 어디 가? 지훈이 붙잡을 때도, 단 한 번도 돌아보지 않는다. 오로지 앞으로만 나아간다. 쉬지 않고 달려서 해변에 도착한다.

오늘도 여전히 수빈은 같은 자리에 있다. 외지인들로 북적이는 모래사장 한복판에서 여유로운 자태로 앉아 최근에 시작한 작업을 하고 있다. 파란색 노트 위에 시나리오를 쓰는 중이다. 그런 그를 나는 가만히 바라보지 않는다. 더는 그럴 시간이 없으므로, 서둘러 그에게 다가간다. 바로 코앞까지 질주해서, 그대로 스쳐 지나간다.

"나은아!"

찰나의 순간, 나를 발견한 수빈이 뒤에서 부른다. 하지만 나는 멈추지 않는다. 그의 목소리를 똑똑히 들었지만 뒤돌지 않는다. 이제 이곳에서 내 발길을 세울 수 있는 건 아무것도 없다. 나는 거침없이 모래사장을 가로지른다. 수많은 사람들에게 따가운 눈총을 받고 욕설을 들어도 아랑곳하지 않는다. 그저 미친 사람처럼 달릴 뿐이다.

그 아이들을 찾기 위해서.

십이 년 전 소소리 마을 어딘가에 있던 여섯 살의 은호와 도희를 찾아서, 그들이 바다에 빠지지 못하도록 막아서, 수빈을 되살려 내기 위해서, 나는 달리고, 달리고, 또 달린다.

나는 제정신이다. 그 어느 때보다.

두 달 전, 이상한 꿈이 시작된 이래로 언제나 제정신이었다. 사실 처음 그 꿈을 꿨을 땐 이상한 줄 전혀 몰랐다. 기억 속에서 나날이 희미해져 가던 그 시절 그 동네가 반가워서, 다시는 못 들을 줄 알았던 수빈의 목소리가 감격스러워서, 마냥 좋기만 했다.

그로부터 며칠 뒤, 똑같은 꿈을 또 꾸게 되었을 때에야 무언가 이상하다고 생각했다. 그래도 개의치 않았다. 일단은 수빈을 다시 만나고 싶은 마음이 커서 서둘렀다. 조급히 집을 나서서 그가 있을 해변을 향해 달렸다. 이변은 그때 일어났다.

"아."

골목을 달리던 중, 나는 넘어졌다. 누군가와 부딪히거나 장애물에 걸려서가 아니었다. 순전히 부주의로 인한 실수였다. 내 발에 걸려서 혼자 내리막길을 굴렀다. 그 순간, 전혀 아프지 않은 무릎에서 피가 솟았다. 이윽고 온 세상이 깜깜해졌다.

'어떻게 된 일이지?'

상황을 깨닫기까진 오래 걸리지 않았다. 눈이 어둠에 익자 익숙한 방 안 풍경이 보였기 때문이다. 나는 현실로 돌아와 있었다. 아마도 꿈에서 물리적인 충격을 받아서 깨어난 듯했다. 충분히 있을 수 있는 일이었다. 나는 침대에서 내려왔다. 그리고 불을 켰다. 그때, 결코 있을 수 없는 일이 목격됐다. 흉터가 있었다. 어제까지만 해도 매끈했던 무릎 위에 오래된 흉터가 자리 잡고 있었다.

'이게 뭐야?'

곧바로 머릿속에 한 가지 가설이 스쳤다. 세상의 이치에서 벗어난, 허무맹랑하기 그지없는 가설이.

'내가 지금 무슨 미친 생각을……?'

갑자기 무섬증이 들었다. 그날 이후, 나는 다시는 같은 꿈을 꾸지 않기를 바라는 마음으로 며칠을 보냈다. 하지만 의지와 상관없이 또다시 이상한 꿈속에서 깨어나 버렸을 땐, 혹시나 하는 마음으로 할 수 있는 일을 할 수밖에 없었다. 오후 3시, 방 안에서 커터 칼을 챙겨서 주머니에 넣었다. 그길로 해변으로 달려가서 격정과 혼란에 휩싸인 채 한참 동안 수빈을 지켜보았다. 그리고 왔어? 하며 그가 맞아 주는 순간, 커터 칼로 왼쪽 손바닥을 그어 현실로 돌아왔다.

그날 새벽, 나는 창가에 앉아서 생각했다.

'그동안 내 정신이 나아지고 있는 줄 알았는데, 실은 아니었던 걸까?'

불과 몇 시간 전까지 없던, 왼손에 길게 난 흉터를 보며 충격에 빠진 채 생각에 잠겼다. 내가 어쩌다 이 지경이 되었는지 무섭고, 억울하고, 화가 났다. 하지만 와중에 조금은 흥분됐다. 한 줌의 희망을 품고, 한번 떠올렸던 미친 생각을 슬그머니 소환했다.

'만약에, 정말로 만에 하나, 이 꿈이 과거와 연결되어 있다면?'

확실한 답을 얻기 위해선 실험이 필요했다. 하지만 증거로 삼기 위해 내 몸에 무수한 흉터를 남기기는 곤란했다. 그래서 만들었다. 나만이 의미를 아는 증표를. 작은 동그라미와 여섯 개의 작대기로 이루어진 태양 모양의 낙서를 말이다.

얼마 뒤, 또다시 예상 못한 시점에 이상한 꿈에서 깨어난 나는 주저 없이 실험을 시작했다. 십이 년 뒤에도 마을에 남아 있을 건물이나 사물을 골라서 사인펜으로 낙서를 남겼다. 그리고 잠에서 깨어난 직후, 로드 뷰를 통해 보았다. 색이 바래고 선이 옅어지긴 했으나, 꿈에서 그린 그 자리에 남아 있는 수십 개의 낙서들을 확인했다. 그 말인즉, 가능하다는 이야기였다.

'수빈이를 되살릴 수 있어.'

나도 안다. 지금 내 얘기가 미친 소리로 들릴 거라는 걸. 너무 잘 알고 있기에 이제껏 누구에게도 말한 적이 없다. 언제 다시 시작될지 모를 꿈을 기다리는 동안 전전긍긍한 마음에 도저히 가만있을 수 없어서 몰래 스토킹 행각을 벌이거나 고향에 방문하는 기행을 일삼으면서도, 미친 사람으로 오해받기 딱 좋은 이 얘기만큼은 어디서도 하지 않았다.

하지만 장담한다. 나는 미치지 않았다. 누구라도 나처럼 행동할 것이다. 긴긴밤, 돌이킬 수 없는 한순간을 떠올리며 숱하게 잠 못 이루고, 가슴을 치고, 통곡을 해 본 사람이라면, 그 순간을 돌이킬 기회가 주어졌을 때 무조건 잡아 볼 것이다. 그 방법이 평생 알고 있던 상식과 어긋난다고 해도, 아무리 터무니없다고 해도, 일단 기적이 일어날 가능성을 엿보았다면 최선을 다해 볼 수밖에 없다.

　나는 정신을 똑바로 차리고 있는 만큼 과욕을 부리고 있지 않다. 꿈을 통해 과거를 조정해서 내가 바꾸고자 하는 미래는 대단한 것이 아니다. 일확천금을 번다든지, 세계의 운명을 바꾸는 일에는 관심 없다. 그저 수빈이 다시 내 옆에 앉는 것으로 족하다. 그와 나란히 앉아 그가 하는 시답잖은 얘기를 들으며 시시덕거리고 싶을 뿐이다. 단지 그뿐이다.

14

새날이 밝았다. 어제와 똑같은 태양이 하늘 위로 떠올랐다. 하지만 어제만큼 날씨가 화창하진 않았다. 금방이라도 도망치려는 빗물을 꽉 끌어안은 먹구름이 떼 지어 하늘을 가로질렀기 때문이다. 어둑한 하늘은 불길한 기운을 뿜었다.

"하필이면……."

가뜩이나 불안한 예감을 품고 있던 은호는 창 너머를 올려다보며 중얼거렸다. 그리고 간밤에 벗어 둔 옷을 그대로 다시 입으며 몇 시간 전에 있었던 일을 떠올렸다.

어제 그는 소소리 마을을 떠나지 않았다. 정확히 말하자면 떠날 수 없었다. 석양이 내린 기차역 앞에서 도무지 발이 떨어지지 않은 탓이었다. 은호는 붉은 길목 너머로 멀어지는 나은의 차를 바라보며, 그녀가 마지막으로 남긴 의중을 알 수 없는 말을 곱씹었다.

"나는 제정신이야. 그 어느 때보다."

그 말은 아무래도 진짜 제정신인 사람이 할 말은 아닌 것 같았다. 실제로 나은은 어딘가 이상해 보였다. 지나치게 표정이 없고, 분위기가 어두웠다. 십수 년 만에 고향에 돌아와 아무도 몰래 배회하고 있다는 점도 마음에 걸렸다.

'대체 무슨 생각인 거야?'

은호는 궁금했다.

"얼마 전부터 이상한 꿈을 꾸고 있어. 그래서 돌아왔어."

나은이 준 힌트는 그녀의 행동을 이해하는 데 전혀 도움이 되지 않았다. 아무래도 의문을 풀 방법은 하나뿐인 듯했다. 당사자와 직접 이야기를 나누어 보는 것. 이제라도 나은을 쫓아가 질문들을 던진들 제대로 답을 들을 수 있을지 모르겠으나, 그럼에도 시도해 보고 싶었다. 평소의 은호라면 이런 즉흥적인 결정을 내리지 않겠지만, 지금은 어쩔 수 없었다.

마음을 굳힌 은호는 도희를 보았다. 그때 도희는 은호와 마찬가지로 나은의 차가 사라진 길목을 응시하고 있었다. 은호는 조심스럽게 말을 걸었다.

"저기."

하지만 미처 그 소리를 못 들은 도희가 한발 빨리 말했다.

"미안한데, 너 먼저 집에 가."

그리고 뒤도 안 돌아보고 혼자 앞으로 나아갔다. 갑작스러운 상황에 당황한 은호는 도희가 대여섯 걸음 멀어질 때까지 멀뚱히 있다가, 뒤늦게 정신을 차리고 쫓아갔다.

"잠깐만! 같이 가!"

두 사람은 빠르게 기차역에서 멀어졌다. 그동안 소소리 마을을 뒤덮었던 찬란한 노을빛은 사라지고 그 자리를 어둠이 차지했다. 당연하게도 무작정 길을 나선 은호와 도희는 사방이 깜깜해질 때까지 나은의 차를 발견하지 못했다. 대신 밤이 아주 깊기 전에, '소소리' 상호를 쓰는 게스트 하우스 옆을 지나가게 됐다.

"어서 오세요."

은호와 도희가 게스트 하우스 문을 열었을 때, 카운터를 지키고 있던 주인 할머니가 반사적으로 외쳤다. 하지만 곧 손님으로 나타난 이들이 미성년자라는 사실을 깨닫고 눈을 가늘게 떴다. 할머니는 의심과 걱정이 반반 섞인 말투로 물었다.

"너희들, 부모님께 외박 허락은 받은 거야?"

은호와 도희는 당당히 대답했다.

"네."

사실이었다. 두 사람은 나은을 찾아 헤매는 동안 각자 집으로 전화를 걸었다. 그리고 하루만 외박을 하게 해 달라고 요청했다. 부모님들의 첫 대답은 당연히 안 된다는 것이었다. 당장 집으로 돌아오라며 지금 어디 있느냐고 물었다. 그때 아직은 소소리 마을에 왔다는 사실을 밝히고 싶지 않았던 은호와 도희는 둘러댈 핑계를 찾아냈다. 친구 집에서 친구를 도와줄일이 생겼다고 사정하며, 언제든지 연락이 닿도록 하겠다는조건하에 간신히 외박 허락을 받아 냈다. 이후 ATM을 찾아서 그동안 모아 둔 용돈을 현금으로 찾은 다음 게스트 하우스에 입장했다.

"딱 하루만 묵을게요."

무사히 주인 할머니에게 숙박비를 지불한 은호와 도희는각각 배정받은 룸으로 들어갔다. 그리고 타지에서 난생처음길고 낯선 밤을 보낸 뒤, 다음 날을 맞았다.

"오늘은 날씨가 별로지?"

외출할 채비를 마친 은호가 공용 식당으로 내려갔을 때, 먼저 식사 중이던 도희가 말했다. 그녀는 바싹 구운 식빵을 입에문 채로 맞은편에 앉는 은호에게 물었다.

"자, 이제 어떡할래?"

은호는 도희가 미리 구워 둔 식빵에 잼을 바르며 대꾸했다.

"어떡하긴. 나은 누나를 만나러 가야지."

"그니까. 어디로? 밤새 생각해 봤을 거 아니야?"

도희는 은호의 성격이라면 당연히 그랬을 줄 안다는 듯 어서 공유해 달란 투로 물었다.

"지금쯤 언니가 어디에 있을 거 같아?"

실제로 밤새 나은이 있을 장소들을 고민했던 은호는 솔직히 답했다.

"전혀 모르겠어."

도희는 바사삭 식빵을 깨물며 실망한 표정을 지었다. 하지만 의외의 대답이라고 생각하지 않았다. 지난밤, 도희 역시 평소의 그녀답지 않게 밤잠을 설쳐 가면서까지 나은을 있을 장소와 마을에 돌아온 목적을 고민했지만 답을 찾지 못했기 때문이다.

'역시 만나서 물어볼 수밖에 없겠어.'

새벽이 밝아 올 무렵 도희는 이렇게 생각을 정리했다. 그리고 잠에 들기 직전 저녁에 본 나은의 얼굴을 잠시 떠올렸다. 노을빛과 더불어 묘하게 위태롭고 절박한 빛이 서려 있던 그 얼굴이 기억난 순간, 도희의 마음엔 나은에 대한 호기심보다 걱정이 앞섰다.

'언니, 괜찮은 건가?'

도희는 한시바삐 나은을 다시 만나서 상태를 확인하고 싶었다. 그래서 아침 일찍 식당으로 향했고, 뒤늦게 나타난 은호가 식사를 마치기 무섭게 제안했다.

"그럼 부지런히 발품을 팔아 볼까?"

이른 시각, 은호와 도희는 게스트 하우스를 떠났다. 핸드폰 지도 앱을 활용하여 마을 구석구석을 돌아다녔다. 많은 주민들이 그런 두 사람을 의아하게 보았다. 이틀 연속 마을에 머무르는 것도 이상한데 묘하게 마을을 누비고 다니니 무리도 아니었다. 그렇지만 은호와 도희는 크게 개의치 않았다. 도리어 주민들의 숙덕거림을 통해 아직 나은의 귀환이 마을에 알려지지 않았단 사실을 확인하고 신중히 움직였다. 이유는 모르겠지만 나은은 사람들을 피해 다니는 듯 했으니까. 자신들이 찾아다니고 있단 사실과 별개로, 자신들 때문에 나은이 곤란해지지 않도록 주의했다. 두 사람은 최대한 조심스럽게 지나가는 사람들을 살피고, 스쳐 가는 차량들을 주시하고, 문 닫힌 가게들을 기웃거렸다.

하지만 두 시간이 넘는 수색에도 불구하고 나은은 쉽사리 꼬리를 밟히지 않았다. 대체 이 작은 마을 어디에 있는 건지 은호와 도희는 도통 감을 잡을 수 없었다. 그때쯤이었다.

"잠시만."

한 가게 앞을 지나던 중 갑자기 도희가 걸음을 멈추었다.

"왜 그래?"

얼결에 따라 멈춘 은호는 도희의 시선이 꽂힌 가게의 창문을 들여다보았다. 혹시나 안에 나은이 있나, 짧은 순간 기대했지만 그곳에 그녀는 없었다. 대신 흥미를 유발하는 다른 사람이 있었다. 싱글벙글 콧노래를 부르며 빵집 진열대에 수제 쿠키 꾸러미를 올리고 있는 그 사람은 수빈의 또 다른 친구인 바우였다.

15

예감이 있었다. 수빈에게 절친한 친구 네 명이 있었단 이야기를 듣고, 그들 중 세 명을 만난 뒤 마을을 떠나려다 돌아왔을 때, 전형적인 소설이나 영화 속 전개처럼 남은 한 명을 어떤 식으로든 만나게 될 줄 알았다. 막상 만난 그의 모습은 전혀 예상 밖이었지만 말이다.

바우는 친구들 중 옛날 모습이 가장 남아 있지 않았다. 고등학생 땐 삐삐 마른 말라깽이였는데 현재는 토실토실 살집이 오른 거구였다. 만일 세미가 선물로 주었던 쿠키 꾸러미를 그가 들고 있지 않았더라면 은호와 도희는 빵집 앞을 그냥 지나쳤을 것이다. 하지만 우연의 개입으로 그들은 멈춰 섰고, 그 순간 바우가 그들을 발견했다.

"어? 너희는?"

얼굴에 화색을 띤 바우는 곧장 문밖으로 뛰쳐나와 외쳤다.

"맞지? 은호랑 도희. 난 임바우야! 수빈이 친구."

재빨리 소개를 마친 그는 어제 못 만나서 아쉬웠는데, 너희가 마을을 떠나지 않았다는 소문을 듣고 오늘은 왠지 만날 것 같았다며 소리 내 웃었다. 그러다 아차차 내 정신 좀 보라며 여기서 이러지 말고 안으로 들어오라고 권했다. 은호와 도희는 주춤했다. 당장은 나은을 찾는 일에 더 마음이 동해, 이곳에서 오래 시간을 지체하고 싶지 않았기 때문이다. 하지만 즐거이 손짓하는 바우의 제안을 차마 거절할 수 없어서 일단 안으로 들어갔다.

자그마한 빵집 안에는 달콤한 내음이 가득했다. 갓 구워진 빵이 막 나온 듯했다. 바우는 은호와 도희에게 카운터 뒤편에 있는 의자를 내주었다. 그리고 잠시 혼자 주방에 들어갔다가 김이 모락모락 이는 빵들을 쟁반에 담아 들고 나왔다.

"가볍게 맛이나 보라고."

쟁반 위에는 족히 세 끼는 될 양의 빵이 쌓여 있었다.

"아……."

은호와 도희는 잠깐 당황했다가, 서둘러 감사를 표한 다음 수북이 쌓인 빵들이 떨어지지 않도록 조심하며 하나씩 집었다. 그동안 바우는 뿌듯한 얼굴로 곁에 앉아서 본격적으로 대화가 시작된다면 제일 먼저 물을 줄 알았던 질문을 던졌다.

"근데 너희들 왜 아직 여기 있어? 어제 세미가 그랬는데, 너희는 기차를 타러 갔다고. 도중에 무슨 일이 있었길래 돌아온 거야?"

은호와 도희는 자세하게 나은을 만난 일을 말할 수 없어서 얼버무려 답했다.

"그냥. 이대로 마을을 떠나기 아쉬워서요."

"좀 더 마을을 둘러보고 싶어졌어요."

순간 바우가 꺼림칙한 얼굴을 했다. 고작 그런 변심으로 미성년자들이 타지에서 외박을 해도 좋은가 생각하는 듯했다. 하지만 굳이 생각을 논쟁으로 잇지는 않았다.

"그래. 부모님이 허락해 주셨다면야 상관없지."

그는 이미 내려진 결정을 긍정적으로 여겨 주며, 밝은 미소를 보였다. 그때 은호와 도희는 바우의 태도가 어딘가 지훈과 세미의 태도와 비슷하다고 여겼다. 여유롭고, 명랑하고, 가볍다면 가벼웠다. 그 가벼움은 일종의 배려였다. 수빈의 고향에 찾아온 아이들이 무거운 마음으로 돌아가지 않도록 최대한 신경 쓴 결과라는 사실을 그즈음 은호와 도희는 눈치챘다. 곧바로 바우가 대화를 이어 나갔다.

"그래서 마을 어디를 더 둘러볼 생각이야? 가 보고 싶은 곳이 있어?"

그 질문에 은호와 도희는 고개를 저었다.

"딱히 정하진 않았는데."

뒤이어 현재 나은이 있을 장소에 대한 단서를 얻기 위해 이렇게 물었다.

"혹시 수빈이 형에게 특별히 의미가 있던 장소가 있어요?"

"아니면 오빠가 좋아했던 장소요."

곧바로 바우가 생각에 잠겼다.

"어디 보자. 이 마을에선 수빈이에게 의미가 없던 장소를 찾기가 더 어려워서. 웬만한 장소에는 다 추억이 있거든…….아! 그러고 보니 이맘때쯤에는 특별히 해변을 좋아했다. 특히 마지막 여름엔 거의 해변에서 살았었어. 그곳에서 영감이 잘 떠오른다고."

"영감이요?"

"응. 수빈이는 그때 한창 시나리오를 쓰는 일에 빠져 있었거든."

처음 듣는 이야기였다. 은호와 도희가 관심이 동하는 표정을 지었다. 그러자 바우가 씩, 갑자기 짓궂은 미소를 띠고 말했다.

"사실 걔가 진짜로 빠져 있던 건 시나리오가 아니었어. 다른 친구였지. 그 친구가 같이 영화를 찍자고 제안해서 그렇게 열심히 글을 썼던 거야. 혹시 들어 봤어? 나은이라고, 오래전에 이 마을을 떠난 친군데."

바우의 입에서 나은의 이름이 나오는 순간, 은호와 도희는 움찔 반응했다.

"알아요. 아니, 들어 봤어요."

그리고 떠올렸다. 다른 친구들처럼 자신들을 배려해 줄 여유가 없어 보였던 지난밤 나은의 모습을 말이다. 도희는 기왕 나은의 이름이 대화에 오른 김에 어제부터 신경 쓰이던 일을 물었다.

"근데 나은 언니는 왜 마을을 떠났어요? 혹시 그 사고 때문이었어요?"

바우는 선선히 답했다.

"본인이 그렇다고 말한 적은 없지만, 맞을 거야. 그 사고 직후에 떠났으니까. 사고가 일어났던 순간에 나은이는 바로 그 현장에 있었거든. 그래서 다른 사람들보다 충격이 더 컸던 것 같아. 그때 자신이 나서서 무언가를 했더라면 사고를 막을 수 있지 않았을까, 수빈이를 살릴 수 있지 않았을까, 뭐 그런 생각들 때문에. 그건 사실이 아닌데. 어떤 일은 아무도 잘못하지 않아도 그냥 벌어지는 법인데. 그 말을 해 주기 전에 그 애는 떠났어."

말을 맺으며 바우는 쓴 미소를 지었다. 잠깐 사이, 기분이 가라앉은 것처럼 보였다. 하지만 분위기마저 가라앉는 건 원치 않는지 그는 애써 밝게 말했다.

"그래도 언젠가 돌아올 거라고 생각해. 미래는 아무도 모르는 거잖아?"

은호와 도희는 어색하게 끄덕였다. 그리고 나은이 이미 돌아와 있다는 사실을 숨긴 채, 조심스럽게 바우를 떠 보았다.

"만약에 나은 누나가 돌아온다면 어디부터 갈까요?"

바우는 고민 없이 즉답했다.

"당연히 수빈이 무덤을 찾아가겠지? 인사를 하러."

"그다음에는요?"

"다음이라……."

이번에 바우는 말꼬리를 길게 늘이며 고민했다. 그리고 잠시 뒤, 이렇게 답했다.

"아마도 수빈이 집에 가 볼 거야."

십이 년 전, 소소리 마을에는 수빈이 집이라고 불리는 건물이 두 채 있었다. 첫 번째 집은 주택가에 자리한, 오래된 목조 가옥이었다. 어여쁜 마당으로 유명한 그 집엔 수빈의 부모님이 기거했다. 두 번째 집은 산꼭대기 절벽에 자리한, 세련된 2층 별장이었다. 타지에 사는 수빈의 외할머니가 가끔 들를 목적으로 만든 공간이었다.

"수빈이는 내키는 대로 두 집을 오가며 생활했어."

바우는 이렇게 알려 주며, 자신은 매일 두 번째 집을 들락거렸다고 말했다.

"그곳이 우리의 아지트였거든."

늘 상주하는 어른이 없는 외딴 건물은 아이들이 모이기에 제격이었다. 바우를 포함한 수빈의 친구들은 하루에도 몇 번씩 그 집을 오갔다. 수빈이 있든 없든 개의치 않고 모임 장소로 편하게 사용했다. 하지만 수빈이 세상을 떠나자 돌연 상황이 바뀌었다.

사고 이후 한 달 만에 소소리 마을에는 더 이상 수빈이 집이라고 불릴 집이 없어졌다. 먼저 첫 번째 집이 처분됐다. 수빈의 부모님은 아들의 장례식이 끝나자마자 마을을 떠나며 신축 공사를 하겠다는 외지인에게 그 집을 헐값으로 넘겼다. 다음으로 두 번째 집이 방치됐다. 수빈의 외할머니는 손자를 집어삼킨 바다가 있는 지역에 다시는 발 들이지 않겠다고 선언하고 그 집을 그냥 두었다. 수빈의 친구들은 약속이라도 한 듯 일제히 그 집을 외면했다. 발길을 끊고, 언급도 꺼렸다. 한때는 빛과 온기로 가득했던 아지트는 하루아침에 해풍을 맞으며 외로이 허물어질 신세로 전락했다.

"그게 벌써 십이 년 전 얘기니까, 지금 그 집은 폐허가 되었지."

바우가 쓸쓸한 기색으로 말했다. 그리고 주장했다.

"그래도 나은이는 반드시 갈 거야. 마을에 돌아오면 아직 남아 있는 그 집으로."

오후 2시, 은호와 도희는 빵집을 나섰다. 바우가 두 손 가득 챙겨 준 빵 봉지를 손에 들고 곧장 큰길로 향했다. 그길로 택시를 타서 행선지를 밝혔다. 숲으로 가 주세요. 눈치 빠른 기사가 말했다. 혹시 그 폐가에 가려는 거야? 거긴 차로 못 가. 하지만 은호와 도희는 동요하지 않았다. 이미 바우에게서 그곳에 가려면 반드시 발품을 팔아야 한다고 들었기 때문이다.

"숲속에 산책로가 있었어. 별장으로 갈 수 있는 유일한 길이었는데, 그 길을 따라서 이십 분 정도 올라가면 대문 앞에 도착했어."

그 말을 기억한 은호와 도희는 기사에게 숲 어귀까지만 데려다 달라고 요구했다. 그리고 안락한 택시 안에서 곧 닥칠 난관을 예상했다. 숲속 산책로는 오랫동안 방치되었으니 길이 예전보다 험할 거라고, 소요 시간도 이십 분보다는 더 걸릴 거라고 말이다.

미리 각오를 다진 그들은 택시에서 내린 뒤 지체 없이 움직였다. 무성한 수풀 앞에서 신발 끈을 동여매고, 빵 봉지를 은호의 가방에 욱여넣고, 발을 쭉쭉 뻗어서 스트레칭을 했다. 그리고 비장하게 숲속으로 향했다. 그런데 고작 서너 걸음을 나아갔을 때, 눈앞에 예상 밖의 문제가 나타났다.

은호가 전방을 보고 말했다.

"다리가 아파도 괜찮고, 시간이 오래 걸려도 괜찮은데 말이야."

도희가 실소를 뱉으며 말을 받았다.

"그 전에 산책로가 어디 있다는 거야?"

장장 십이 년 동안 거의 인적이 닿지 않은 산책로는 더 이상 길이라고 볼 수 없었다. 언젠가 길이 있었던 것 같은 흔적만 남아 있을 뿐, 사실상 자연 그대로의 숲이었다.

"아무래도 우리가 숲을 너무 만만히 봤나 보네."

"여기를 뚫고 오르는 게 가능하긴 해?"

은호와 도희는 난감해했다. 하지만 여기서 물러날 수 없었다. 이미 마을에선 나은을 찾을 만큼 찾은 터라, 다시 돌아가 봐야 못 찾을 확률이 절대적으로 높았기 때문이다. 그렇다면 오늘 하루 마을에 남은 의미가 없었다. 차라리 희망을 갖고 없는 길을 뚫는 편이 나았다.

은호와 도희는 등산을 시작했다. 걸음마다 돌에 채이고, 키 큰 잡초에 가로막히고, 나뭇가지에 발목을 잡혔지만 그래도 나아갔다. 거미줄이 몸에 엉키고, 살벌한 말벌 집을 발견하고, 심지어 뱀까지 목격했지만 멈추지 않았다.

그렇게 숲을 오르기 시작한 지 한 시간이 지났을 무렵, 마침내 두 사람은 고지에 다다랐다. 저 멀리 목적지가 보이자, 기진맥진한 상태였던 그들은 흥분해서 달리기 시작했다. 순식간에 폐허치고는 음침한 기운을 찾아보기 어려운 수빈의 집 앞에 당도하여, 초인종을 다다다 눌렀다. 하지만 안에서는 아무 소리가 나지 않았다. 똑똑, 은호가 노크를 해 보았다. 그러나 문 너머는 조용했다. 덥석, 도희가 문고리를 잡고 돌려 보아도 단단히 잠긴 문은 열리지 않았다.

"어떻게 안으로 들어가지?"

은호가 차분히 머리를 굴리며 말했다. 그때 도희는 슬쩍 옆으로 눈길을 돌리고, 닫혀 있는 창문들을 보며 이동했다.

"설마…… 깨려는 건 아니지?"

은호가 그런 도희를 미심쩍은 눈빛으로 주시하며 말했다.

"아니야."

도희는 한 창문 앞에 서서 단언했다. 곧이어 그 창문 하단의 이미 깨져 있는 구멍 사이로 손을 쏙 넣고, 안에서 걸려 있던 잠금장치를 휘릭 푼 뒤, 창문을 활짝 열어서 안으로 폴짝 뛰어들어갔다. 순식간에 일어난 일이었다. 뭐, 이제 은호는 이런 상황이 그다지 놀랍지 않았다. 그는 여유롭게 열린 창문으로 다가갔다. 그리고 혹시나 안에 있을 수도 있는 나은을 놀라게 하지 않기 위해 일부러 큰 소리를 내며 입장했다.

"실례합니다."

16

　창문 넘어 들어온 수빈의 집에서 가장 먼저 보이는 장소는 거실이었다. 러그가 깔린 드넓은 공간에 열 명이 함께 쓸 법한 널찍한 소파와 테이블이 있었다. 벽에는 TV가 걸려 있고, 주변에 빈백과 게임기, 책, 과자 봉지 따위가 널려 있었다. 마치 방금까지 이 공간을 사용하던 사람들이 금방 돌아올 작정으로 잠깐 자리를 뜬 느낌이었다. 곳곳에 뽀얗게 내려앉은 먼지만이 이곳이 실은 오랫동안 방치되어 있었다는 사실을 상기시켰다.

　은호와 도희는 잠시 서서 묘하게 시간이 비껴간 듯한 거실을 둘러봤다. 그때 소파를 스치던 그들의 시선이 갑자기 고정됐다. 무언가 위화감이 느껴졌기 때문이다. 가만 보니 소파의 한 면만 먼지가 지워져 있었다. 꼭 누군가 앉았다 일어난 것 같았다.

깨진 창문과 먼지가 지워진 소파.

확실했다. 나은이 이 집에 방문했다는 증거였다. 하지만 정작 나은의 모습은 보이지 않았다. 기척도 느껴지지 않았다. 은호와 도희는 시선을 한 번 교환하고 빠르게 흩어졌다. 1층과 2층 그리고 지하까지, 닫혀 있는 방문들을 모조리 열어 단숨에 살폈다. 그렇지만 나은은 없었다. 그녀가 일부러 꼭꼭 숨은 것이 아니라면, 이 집에 그녀가 들렀던 것은 맞지만 현재는 없다는 얘기가 되었다. 짧은 수색을 마치고 거실로 돌아왔을 때, 은호가 물었다.

"어떻게 할래?"

도희는 두 번 생각하지 않고 대답했다.

"기다려 보자."

어차피 달리 갈 곳이 없었다. 나은이 다시 나타날 장소로 이곳만큼 유력한 곳도 떠오르지 않았다. 은호와 도희는 언제 돌아올지 모를 나은을 기다리며 본격적으로 집 구경에 나섰다. 각자 발길 닿는 대로 돌아다녔다. 먼저 은호는 홀로 계단을 올랐다. 2층 복도에 발을 들이고, 나은이 있는지만 확인하면서 지나친 네 개의 방을 다시 살펴보았다.

첫 번째 방은 십수 년 전 유행에 맞추어 꾸며진 응접실이었다. 두 번째 방은 커다란 욕조가 있는 욕실이었다. 세 번째 방은 책장밖에 없는 서재였다. 네 번째 방은 침대와 책상, 옷장 등의 가구가 갖춰진 방이었다. 의자에 남자 옷이 걸려 있었는데 아마도 수빈의 옷 같았다.

은호는 십중팔구 수빈의 방이었을 네 번째 방의 문턱을 넘었다. 안으로 깊숙이 들어가며 좌우를 둘러봤다. 특별히 어질러진 물건 없이 방 안은 깔끔하게 정리되어 있었다. 하지만 인위적일 정도로 각이 잡혀 있진 않았다. 거실과 마찬가지로 이곳 또한 수빈이 방을 나선 이후, 아무도 손을 대지 않은 모양이었다.

책상 위에는 한 권의 책이 놓여 있었다. 은호는 가까이 다가가 눈으로만 살폈다. 처음 보는 제목의 소설이었다. 중반부에 책갈피가 꽂혀 있었다. 머잖은 때에 다시 읽을 목적으로 수빈이 꽂아 둔 것이 틀림없었다. 결국 그는 다시는 이 책을 펼치지 못했지만, 책갈피를 꽂을 당시엔 그런 미래를 상상하지 못했을 터다.

'그리고 아마 이 방을 나갈 때도.'

은호는 고개를 돌려 문가를 보았다. 문턱을 넘어 밖으로 향하는 수빈의 뒷모습이 어렵지 않게 상상됐다. 그때 그는 자신이 두 번 다시 이곳으로 돌아오지 못할 줄 몰랐을 거다. 그런 일은 종종 벌어지지만, 보통은 누구도 생각하지 않으니까. 주인 없는 방 한가운데서 한참 동안 은호는 평소 하지 않던 생각에 잠겼다. 그런데 그때.

콰아아앙.

갑자기 멀리서 폭탄이 터지는 것 같은 굉음이 났다. 흠칫 놀란 은호는 곧장 문밖으로 뛰쳐나갔다.

그 시각, 도희는 지하에 있었다. 삼십 분 전 은호가 위층으로 올라갈 때, 그녀는 한 층 아래로 내려갔다. 태양 빛이 들지 않고, 전등 역시 켜지지 않는 어두컴컴한 지하 복도를 핸드폰 불빛에 의지해 지났다. 그곳엔 방이 세 개 있었다. 첫 번째 방은 창고였다. 두 번째 방도 창고였다. 도희는 창고들 안으로 들어가지 않고, 문가에서 불빛만 비췄다.

도희의 집에도 창고 겸용 방이 있고, 다른 집들에 비해 물건이 많은 편이었다. 하지만 수빈의 집에 비할 순 없었다. 지하에 있는 두 창고는 모두 널찍했는데 온갖 잡동사니로 빼곡했다. 도저히 한 사람이 사용했던 공간이라고 보기 어려웠다. 자전거만 네 대가 있는 점으로 보아 그랬다. 추정컨대 여러 사람이 다 같이 썼던 듯했다.

도희는 빠르게 물건들을 둘러봤다. 박스 안에 넣어 두었는데 삐져나왔거나, 크기가 너무 커서 구석에 세워 두었거나, 금방 다시 사용할 작정으로 아무렇게나 놓아둔 물건들에는 하나같이 상당한 사용감이 있었다. 낚싯대와 게임기와 전자 피

152

아노와 둘둘 말린 플래카드와 비닐에 싸인 트리에는 필시 많은 이들의 추억이 깃들어 있을 터였다. 도희는 감히 그 추억을 헤아릴 엄두를 내지 못하고 눈을 굴렸다. 그때, 수많은 물건들 중 유독 한 개의 물건에 시선이 꽂혔다. 그것은 미완성 캔버스였다. 온통 청록색으로 칠해져 있는 캔버스의 하단엔 필기체로 수빈의 이름이 적혀 있었다. 작업을 한 사람은 분명 수빈일 것이었다.

'뭘 그리려던 걸까?'

순간적으로 도희는 의문을 품었다. 하지만 고작 밑칠만 되어 있는 캔버스를 보고 완성작을 유추하기란 불가능했다. 그 답은 이제 와 아무도 모를 일이었다. 도희는 다른 의문을 가졌다.

'저걸 그리는 동안 즐거웠을까?'

역시 모를 일이었지만, 이제껏 들은 수빈의 성격상 왠지 그랬을 것 같았다. 꼭 그랬었으면 좋겠다고 도희는 생각했다. 그리고 천천히 문을 닫았다.

그길로 그녀는 지하에서 가장 끝에 있는 방으로 향했다. 그곳은 창고가 아니었다. 벽 한 면에 흰 스크린이 쳐져 있고, 천장에 프로젝터가 달려 있는 작은 영화관이었다.

도희는 그 방 깊숙이 들어갔다. 곧바로 바닥에 흩어져 있는 노트북과 블루레이 케이스 몇 개가 보였다. 도희는 케이스들에 관심이 동해 자세히 보려고 쭈그려 앉았다. 그런데 그때, 옆에 있는 노트북에 더 눈길이 갔다.

"저게 왜?"

케이블 선이 연결되어 있었기 때문이다. 그러고 보니 노트북 모델이 그다지 오래된 것 같지 않았다. 도희는 슬쩍 뚜껑을 들어 올려 보았다. 그러자 반짝, 화면에 불이 들어왔다.

"으앗."

깜짝 놀란 도희는 쭈그려 앉은 자세 그대로 뒤로 넘어져 엉덩방아를 찧었다. 동시에 휘둥그레 커진 눈으로 100퍼센트 충전이 완료되어 있는 노트북을 보았다.

'나은 언니 건가?'

그렇게 생각할 수밖에 없었다. 수빈의 노트북이 아직까지 멀쩡히 작동되는 건 불가능할 테니, 나은이 이곳에서 자신의 노트북으로 무언가를 보고 있었다 여기는 게 상식적이었다.

잠시 뒤, 마음을 추스른 도희는 똑바로 일어나 앉았다. 그리고 누가 봐도 양심에 살짝 찔리는 표정을 지으며 한 손을 슬쩍 노트북에 올렸다. 마우스 패드 위에서 손끝을 톡톡 몇 번 움직였다. 그러자 생각지도 못한 일이 일어났다.

콰아아앙.

폭탄이 터지는 것 같은 굉음이 울렸다. 밤거리를 걷던 지훈이 흠칫 놀라 걸음을 세웠다.

"아, 깜짝이야."

옆에서 농구공을 튕기며 걷고 있던 수빈이 소리 내 웃음을 터트렸다.

"뭘 그렇게 놀라? 폭탄이라도 터진 줄 알았어?"

그는 고개를 위로 들어 올리며 말했다.

"그냥 폭죽일 뿐이야."

과연 밤하늘엔 노란 불꽃이 퍼지고 있었다. 점점이 수놓이며 조금씩 어둠을 밝혔다.

검은 하늘을 노랗게 물들이며 영역을 넓히던 불꽃은 절정에 다다라 환하게 타올랐다. 그 광경을 도희가 유심히 보던 순간 발칵 문이 열렸다. 다급히 들어온 은호가 외쳤다.

"무슨 소리야?"

도희는 불꽃이 사그라지고 있는 스크린 속 밤하늘을 가리키며 말했다.

"폭죽 소리래."

"뭐?"

은호는 어리둥절한 얼굴로 스크린을 보았다. 그리고 다시 획, 도희에게로 고개를 돌렸다.

"저게 뭐야?"

"나은 언니 노트북에 있던 영상이야."

도희가 노트북을 톡 건드려서 영상을 껐다. 그리고 제풀에 먼저 큰소리를 쳤다.

"사생활 침해라고 하지 마. 어쩔 수 없었어. 불가항력이라고. 이런 게 눈앞에 있는데 어떻게 안 봐. 그리고 혹시 모르잖아? 여기에 지금 언니가 있는 곳에 대한 단서가 있을지도."

은호는 그 말에 맞네, 아니네 대꾸하지 않았다. 대신 행동으로 동조의 뜻을 표했다. 방 안 깊숙이 들어와 도희의 옆에 앉아서 함께 노트북을 보았다.

"이게 다야?"

바탕화면에는 딱 한 개의 파일이 있었다. 도희가 끄덕였다.

"응. 원래 잘 쓰는 노트북이 아닌가 봐. 여기서 이 파일만 따로 옮긴 거 같아."

파일 안에는 총 스물두 개의 영상이 들어 있었다. 한 개당 재생 시간은 오 분 내외이고, 하나같이 제목은 붙어 있지 않았다. 각 내용을 파악하기 위해서는 일일이 틀어 보는 수밖에 없을 것 같았다. 마침 다른 할 일이 없던 은호와 도희는 시간을 들여 하나씩 확인해 보기로 했다. 우선 가장 상단에 있는, 도희가 틀었다가 중단한 영상부터 다시 재생했다.

첫 번째 영상의 촬영지는 해변 근처 길목이었다. 끊임없이 불꽃이 수놓이는 밤하늘 아래서 수빈과 지훈은 농구공을 주고받으며 걸었다. 한 번 공이 오갈 때마다 한마디씩 말도 오갔다. 내일 제출할 숙제와 곧 출시되는 게임과 이장님의 환갑 같은 맥락 없는 얘기들이 끊기지도 않고 잘도 이어졌다. 그들의 뒤에는 세미와 바우가 있었다. 거리 때문에 두 사람이 나누는 대화는 전혀 들리지 않았다. 하지만 서로를 툭툭 치며 키득거리는 모양새로 보아 딱히 중요한 이야기를 나누는 것 같지 않았다. 약 육 분가량의 이 영상은 지훈이 수빈에게 공을 던지는 순간 뜬금없이 끊겼다.

두 번째 영상은 교실 문이 드르륵 열리며 시작됐다. 안에서 문을 연 사람은 수빈이었다. 왜 이제 와? 빨리 들어와. 수빈은 활짝 웃으며 손짓했다. 곧바로 교복 입은 십여 명의 학생들이 파티를 벌이고 있는 현장이 펼쳐졌다. 책상에 초가 꽂힌 케이크가 있는 점으로 보아 누군가의 생일 같았다. 그런데 누가 주인공인지 알 수 없었다. 아는 얼굴은 수빈, 지훈, 세미, 바우뿐이고, 나머지는 전부 모르는 얼굴들인데, 하나같이 들뜨고, 흥분한 상태였기 때문이다. 심지어 고깔모자도 여럿이 돌아가며 쓰고 있었다. 약 사 분가량의 이 영상은 바우가 막 케이크를 자르기 시작할 즈음에 다급히 흔들리다 끊겼다.

세 번째 영상의 배경은 어느 카페 안이었다. 테이블에는 세 남학생이 둘러앉아 있었다. 수빈, 지훈, 바우가 머리를 맞대고 망가진 배 모형을 복구 중이었다. 분위기로 보아 다 같이 사고를 치고 수습하는 듯했다. 잠시 뒤, 지훈이 스크린 너머에서 눈을 맞추고 말했다. 야, 너도 같이 좀 해! 따지고 보면 너도! 그 순간, 약 오 분가량 이어지던 영상이 뚝 끊겼다.

여기까지 보고 은호와 도희는 눈치챘다. 시도 때도 없이 내키는 대로 카메라를 들이대서 이 영상들을 찍은 사람은 분명 나은이었다. 세 개의 영상에 그녀가 한 번도 나오지 않은 점으로 미루어 볼 때 그럴 수밖에 없었다. 은호와 도희는 계속해서 다음 영상들을 재생했다.

이어지는 영상들의 배경은 계속 바뀌었다. 상점 거리, 학교 체육관, 해수욕장, 버려진 선착장, 백반집, 숲속 산책로 같은 장소들이 나왔다. 등장인물에도 조금씩 변화가 생겼다. 어린 지훈, 세미, 바우가 제일 많은 비중으로 보였고, 젊은 호프집 아저씨와 백반집 아주머니, 마을에서 보아 눈에 익은 몇몇 사람들이 한두 번씩 출현했다. 모든 영상에서 한 번도 빠지지 않고 나오는 인물은 딱 한 명, 수빈뿐이었다.

마지막 영상의 배경은 바로 이 집 거실이었다. 처음에는 단 세 사람만 카메라 앵글에 담겼다. 야! 너 설마 나 찍는 거야? 지워라! 소리치며 바우를 쫓아가는 세미. 왜? 평소랑 똑같구만! 넌 원래 이렇게 생겼어! 짓궂게 장난치며 도망치는 바우. 야야, 치지 말라고. 빈백에서 만화책을 읽으며 타박하는 지훈. 이렇게 셋뿐이었다. 하지만 곧 여지없이 수빈이 등장했다. 기습적으로 풀썩 소파에 앉은 그는 빙그레 웃음 지으며 말했다.

"나은아."

연이어 장난기 묻은 목소리로 속삭였다.

"아까 말이야."

어쩐지 시답잖은 이야기를 할 것 같은 예감이 들었는데, 정말로 그랬다.

"골목에서 털 색깔이 엄청 특이한 고양이를 봤어."

그는 그 고양이에 대해 쓸데없이 오래 설명했다. 뭐, 새삼스럽지는 않았다. 이제껏 하나도 빠짐없이 시청한 스물두 개의 영상에서 수빈은 내내 그런 식이었으니까 말이다. 그런데…….

도희가 문득 은호를 보고 물었다.

"너 왜 울어?"

은호 역시 도희를 보고 물었다.

"너야말로 왜 우는데?"

두 사람의 얼굴은 눈물에 젖어 있었다. 하나도 중요하지 않은 수빈의 이야기를 들으면서, 별 의미 없는 수빈의 움직임을 관찰하면서, 평범하기 그지없는 열여덟 살 수빈의 일상을 조각조각 엿보면서, 어느샌가 은호와 도희는 숨죽여 펑펑 울고 있었다.

17

한때는 매일 울었다. 의지와 상관없이 그냥 눈물이 흘렀다. 누구와 있든, 어디에 있든, 때와 장소를 가리지 않고 울게 되는 통에 곤란했다. 창피하기도 하고, 화가 나기도 했다. 그래서 자주 물속으로 도망쳤다. 언제 눈물이 나든 재빨리 물에 씻어 버릴 수 있게 가급적 오래 수영장에 머물렀다. 그때 지훈은 진심으로 생각했다. 농구 선수가 아닌 수영 선수여서 다행이라고. 수빈이 세상을 떠난 해의 일이다.

그해 늦여름, 지훈은 수빈이 없는 학교에 처음 등교했던 날을 똑똑히 기억하고 있다. 전교생 중 딱 한 명이 사라졌을 뿐인데 그날따라 이상하게 학교가 크게 느껴졌다. 너무 커서 황량할 지경이었다. 시간은 더디고 지루하게 흘렀다. 언제나 볼 수 있고, 손 닿을 수 있는 곳에서 당연하게 복닥거리던 '우리'

는 더 이상 존재하지 않았다. 세상에 당연한 건 없었다.

한동안 지훈은 교정 곳곳에서 수빈을 보았다. 그는 자주 눈에 띄었다. 교실, 복도, 식당, 운동장, 체육관 등등. 지훈의 눈길이 닿는 모든 곳에 박제된 채로 있었다. 살아 있을 땐 언제 어디로 튈지 몰라 늘 조마조마하게 만들더니 죽고 나서는 예상 가능하기 짝이 없었다. 지훈의 기억에 새겨진 모습 그대로 나타나 조금도 다르게 행동하지 않았다.

죽음이란 그런 것이라고, 당시 지훈은 생각했다.

과거에서 한 치도 변할 수 없는 것이라고. 미약한 숨 한 번을 더 못 뱉어, 세상에 입김 한 번을 더 못 흩날리는 것이라고. 스스로 어떤 미래를 꿈꿨든, 어떤 미래가 펼쳐질 수 있었든 죽음은 공평했다. 모두를 똑같이 과거에 못 박았다.

"전부 지난 일이 되어 버리게……."

지훈은 쓸쓸히 읊조렸다. 그리고 아무도 없는 교무실을 빙 둘러본 뒤, 마지못해 보고 있던 서류를 내려놓았다. 어차피 집중하지 못한 지 오래였다. 자꾸만 오래된 기억과 해묵은 생각이 샘솟는 탓이었다. 지훈은 빈손에 서류 대신 액자를 쥐었다. 안에는 고1 때 친구들과 축제 준비를 하며 찍은 사진이 들어 있었다. 사진 속에서 수빈은 웃고 있었다. 그 말인즉, 그 시간과 그 장소에서 그가 실제로 웃었단 뜻이었다.

"됐다, 그럼."

지훈이 한쪽 입꼬리를 올렸다. 그리고 물끄러미 사진을 바라봤다. 그때였다. 난데없이 뒤에서 익숙한 목소리가 들렸다.

"청승맞네."

돌아보니 예상한 사람이 보였다. 세미가 생긋 웃으며 다가왔다. 순식간에 현실감을 되찾은 지훈은 멋쩍은 얼굴로 액자를 내려놓았다. 그동안 가까이 다가온 세미는 척 하고 바우의 가게에서 가져온 빵 봉지를 건넸다. 그리고 책상에 기대서서 지훈이 놓은 액자를 집고 말했다.

"그 애들을 보니까, 역시 옛날 생각이 나지?"

지훈은 옛날 얘기는 못 들은 척하고, 애들 얘기에만 집중했다.

"그 애들, 아직 떠나지 않았다던데?"

"응. 아까 바우네 가게에 들렀대. 잠깐 같이 시간을 보냈다더라고."

"왜 떠나지 않았대?"

"그냥 변덕을 부린 거 같아. 마을에 좀 더 있고 싶었대."

"뭐 하러. 여긴 자기들에게 별로 좋은 추억이 있는 곳도 아니잖아?"

"걔들 맘이지. 어쨌든 나도 어제 돌아갔으면 했어. 괜히 오래 머물러서 좋을 게 없잖아? 이제 와서 옛날 일을 헤집어 봐야 달라질 것도 없고."

세미는 가볍게 어깨를 으쓱했다. 그리고 나직이 한마디를
더했다.

"과거에 매여 버리면 곤란하다고."

지훈은 그녀가 누구를 염두에 두고 말하는지 알았다. 하지
만 맞장구치지 않고 말을 아꼈다. 그동안 세미는 손에 쥔 액자
로 시선을 내렸다. 아직 생생히 기억하고 있는 한 시절을 포착
한 사진 속에서 먼저 수빈을 보고 다음으로 나은을 보았다.

나은은 수빈의 장례식이 끝나고 정확히 일주일 뒤에 마을
을 떠났다. 그렇게 됐어. 당시, 세미가 나은에게서 들은 말은
그것이 전부였다. 도저히 붙잡을 수 없는 상황이었다. 나은이
떠나고 얼마 되지 않아 지훈도 마을을 떠났다. 진로 때문이라
고 그는 상세히 설명했다. 하지만 그렇지 않았더라도 어차피
붙잡을 수 없었을 거다. 당시 세미는 무력했다. 친구들이 하
나둘 사라지는 광경을 하릴없이 지켜볼 수밖에 없었다.

열아홉 살 무렵 세미는 외로웠다. 아직 곁에 바우가 있었지
만 그래도 쓸쓸했다. 그래서 이미 타지로 떠난 나은에게 자주
연락했다. 그러나 나은에게서 먼저 연락이 오는 경우는 없었
다. 언젠가부터는 아예 연락을 피하는 듯했고, 만나자는 제안
조차 거절했다. 스무 살이 된 세미는 그제야 깨달았다. 살아
있어도 얼마든지 이별할 수 있다는 것을. 나은은 남은 생을 정
상적으로 살기 위해, 고향을 등지고 고향 친구들과 이별하기

를 선택한 듯했다. 그렇다면 세미가 할 수 있는 일은 하나뿐이었다. 그 선택을 받아들여야만 했다. 벌써 십 년 전 일이다.

"세월 한번 빠르네."

세미가 액자에서 눈을 떼지 않고 감상에 젖은 목소리로 말했다.

"이때가 참 좋은 시절이었는데, 정작 이때는 좋은 시절을 보내고 있는 줄 몰랐어."

지훈이 가볍게 대꾸했다.

"몰랐던 게 당연하지."

"그래도 알았다면 좋았을 거야. 적어도 끝이 있다는 걸 알았다면."

세미가 엄지로 사진 속 수빈의 얼굴을 쓸면서 속삭였다.

"있지. 나 그날, 이 자식한테 같이 빙수를 먹으러 가자고 했었다. 바쁜 척하면서 거절하길래 한 번 묻고 말았지만……. 더 물어봤다면, 지금 우린 다섯 명 다 이곳에 있을까?"

아무렇지 않은 듯 던지는 세미의 물음에 지훈은 가볍게나마 대꾸하지 않았다. 그가 오래도록 입을 열지 않자, 피식, 세미가 잇새로 웃음소리를 냈다. 그리고 다소 장난스럽게 스스로 답했다.

"아닌가? 한 스물세 살쯤 대판 싸우고 다신 안 보고 있으려나."

164

그때 지훈이 갑자기 입을 열었다.

"결국 우리 사이가 그렇게 나빠졌을 거래도, 그날 사고를 막을 수 있었다면 난 무슨 수를 써서든 막았을 거야. 어디서든 그 자식이 아직 살아 있으면 좋겠거든."

전에 없이 진지하게 속내를 밝힌 지훈은 민망한지 괜히 창가 쪽으로 고개를 돌렸다. 세미는 그런 그를 잠시 보더니 결심한 듯 자신도 솔직하게 말했다.

"나도 그래. 여전히 수빈이가 살아 있으면 좋겠어. 기왕이면 여기에 있으면 더 좋겠고. 나은이도 같이. 어쩌면 우리 다섯이 아직 사이좋은 미래가 있었을 수도 있잖아? 지금 와서 할 얘긴 아니지만, 그날 우리 중 한 명만 다르게 행동했다면……"

세미가 지훈을 따라 창가를 보며 소곤거렸다.

"어땠을까?"

그 순간 창밖으로 굵은 비 한 줄기가 후드득 떨어졌다. 아침부터 하늘을 맴돌던 먹구름에서 빗줄기들이 하나둘 도망치기 시작했다. 그 광경을 보며 지훈과 세미는 그만 침묵했다.

18

　　창문 없는 지하방에 침묵이 감돌았다. 마지막 영상이 끝난 지 한참이 지났다. 하지만 은호와 도희는 아무런 감상도 나누지 않았다. 나란히 무릎을 세우고 앉아 정면만 보았다.

　　어제 하루, 그들은 여러 사람의 증언을 통해 수빈에 대해 알 만큼 알았다고 생각했다. 그렇지만 영상물을 통해서라도 직접 생동하는 그의 모습을 보니 느껴지는 바가 달랐다.

　　생김새에 비해 중저음인 목소리, 상당히 낮은 웃음 장벽, 티셔츠보다 셔츠를 즐겨 입는 취향, 운동화를 구겨 신는 빈틈, 손을 가만두지 못해 자주 턱을 괴거나 머리칼을 만지는 버릇, 표정이 있을 때와 없을 때에 따라 확연히 달라지는 분위기 등이 그러했다.

　　영상을 보기 시작한 지 얼마 안 되어 은호와 도희는 실감했다. 수빈은 구전으로 전해지는 신비로운 허구의 존재가 아니었다. 실존했던 열여덟 살의 학생이었다. 자신만의 음색, 표정, 취향, 계획을 가지고, 일상을 꾸리던 생각보다 평범한 사람이었다.

하지만 현재 그 사람은 존재하지 않았다. 수빈의 죽음과 함께 그가 만들어 가던 유일무이한 세상은 사라졌다. 얼마나 간절하든, 어떤 대가를 치르든, 그 사실은 절대 돌이킬 수 없었다. 이 세상에 절대라고 장담할 일은 많지 않지만, 그의 생환은 절대적으로 불가능했다. 생각이 거기에 미쳤을 때, 은호와 도희의 눈에서는 걷잡을 수 없이 눈물이 흐르기 시작했다.

"너 왜 울어?"

"너야말로 왜 우는데?"

두 사람은 영상 시청이 끝난 뒤에야 서로가 숨죽여 울고 있었단 사실을 알아챘다. 이후 함께 목 놓아 울었다. 시간의 흐름을 재지 않고 마음껏 울다가, 눈물이 절로 마를 때에야 겨우 진정했다. 그리고 침묵 속에서 나란히 앉아 정면에 있는 스크린을 보았다.

스크린에는 마지막 장면이 떠 있었다. 길고양이에 대해 떠들다가 갑자기 정지해 버린 수빈이었다. 그는 그 시간 속에 영원불변한 상태로 남아 웃고 있었다. 그 모습을 바라보며 은호와 도희는 불현듯 가슴에 통증을 느꼈다. 태어나서 처음 느껴보는 생경한 아픔이었다. 그 감각은 그들로 하여금 한 사람을 떠올리게 만들었다.

"나은 언니는 지금 뭘 하고 있을까?"

오랜 침묵을 깨고 도희가 말했다. 나은이 찍은 수빈의 일상을 잠깐 엿본 것만으로도 이토록 괴로운데, 그 일상에 함께했고 그보다 무수한 기억을 갖고 있을 나은이 어떤 심정으로 긴 세월을 보냈으며, 지금 와서 무엇을 위해 혼자 방황하고 있는지 신경 쓰였다.

"이 집으로 돌아올까?"

도희의 자신 없는 물음에 은호는 회의적으로 답했다.

"아니. 여태 안 돌아온 거 보면 금방 돌아올 것 같진 않아."

"그럼 대체 어디에 있을까?"

도희가 다시 물었다. 그리고 생각에 잠긴 은호의 답을 기다렸다. 나은의 노트북을 뒤지고, 힘들게 영상을 시청했음에도 그녀 혼자선 답을 낼 수 없으니, 자신보다 꼼꼼하고 관찰력이 좋은 친구에게 기대었다. 잠시 뒤, 그 기대에 부응하듯 은호가 말문을 떼었다.

"그러고 보니, 우리가 아까 본 영상에서 말이야."

그리고 신중하게 말을 이었다.

"누나랑 형이 단둘이서만 있던 장소가 딱 한 곳 있었어."

"거기가 어딘데?"

도희가 조급히 물었다. 은호는 지체 없이 답했다.

"버려진 선착장."

그길로 은호와 도희는 지하방을 나섰다. 깜깜한 복도를 지나 지상으로 올라갔다. 그런데 거실에 발을 들이는 순간 무언가 이상했다. 주위가 너무 어슴푸레했다. 그새 날이 저물어서가 아니었다. 하늘을 까맣게 뒤덮은 먹구름 때문이었다.

"설마……."

은호와 도희는 서둘러 창밖을 보았다. 쏴아아. 거센 빗줄기가 쏟아지고 있었다.

"아침부터 불길하더라니."

두 사람은 동시에 미간을 구겼다. 그리고 재빨리 머리를 굴렸다. 지금 저 비를 맞고 하산하다간 자칫 넘어져서 다칠 가능성이 있었다. 하지만 지금보다 날이 저물면 아예 하산할 수 없게 되어 이곳에서 밤을 새워야 할지도 몰랐다. 은호와 도희는 머릿속 저울 위에 두 개의 선택지를 올리고 고민했다. 위험을 무릅쓰고 나은이 있을 만한 장소로 이동할 것인가. 하루 더 외박할 각오를 하고 안전하게 머무를 것인가. 더 싫은 일을 재자 금방 결론이 났다.

"가자!"

깊은 숲속에 퍼붓는 폭우의 위력은 상당히 거셌다. 별장을 떠난 지 얼마 안 되어 은호와 도희는 쫄딱 젖었다. 창고에 있던 우산들을 챙겨 오긴 했지만 거센 비에는 별 소용이 없었다. 하지만 이미 길을 나선 이상 무를 수 없었다. 두 사람은 핸드폰 불빛에 의지해 최대한 큰 보폭으로 나아갔다.

"아까 저 바위를 봤어. 이쪽이야."

"저 나무. 열매가 특이해서 기억나. 이대로 쭉 가자."

"저 덫이 왜 여깄지? 반대로 가야 하나 봐."

정신을 바짝 차리고 지형지물을 살피면서 산책로의 흔적을 따라 걸었다. 와중에 발치까지는 살필 겨를이 없어서, 잡초와 돌부리에 여러 번 긁혔다. 몇 차례 심하게 휘청하며 자빠질 뻔하기도 했다.

"으악! 저게 뭐야?"

구불구불한 나뭇가지를 뱀으로 오인하거나, 하늘에서 떨어진 축축한 나뭇잎 떼를 맞거나, 가까이에서 들려온 천둥소리에 소스라치거나, 머리 위를 푸드덕 지나는 새들 때문에 질겁하는 일들도 연속적으로 생겼다. 하지만 굴하지 않고 계속 전진했다. 그 결과 예상보다 빨리 산 중턱에 이르렀다.

"제법 왔네."

"응. 이대로만 가면 금방 내려가겠어."

순조로운 행보에 자신을 얻은 그들은 기세 좋게 움직였다. 바로 그 몇 걸음 끝에 전과는 비할 수 없는 난관이 기다리고 있는 줄도 모르고 말이다. 그 사실을 먼저 눈치챈 사람은 도희였다. 전방에 핸드폰 불빛을 비추며 걷고 있던 그녀는 갑자기 정색하며 멈춰 섰다. 얼결에 따라 멈춘 은호는 이유를 물으려다 스스로 알아챘다. 핸드폰 불빛이 고정된 지점에 더 이상 나아갈 길이 보이지 않았기 때문이다. 말 그대로 진짜 길이 없었다.

대신 가파른 벼랑이 있었다.

은호와 도희는 망연한 얼굴을 했다. 이제껏 산책로를 따라 잘 내려가고 있는 줄 알았는데, 그렇지 않았다는 사실을 깨닫자 갑자기 아득해졌다. 언제부터 방향을 잃었는지 알 수 없어서 어디까지 돌아가야 할지 판단이 안 섰고, 왔던 길을 고스란히 되돌아갈 수 있다는 확신 또한 없었다. 도리어 더 깊은 숲으로 들어가게 될지도 모를 일이었다.

막막한 심정에 사로잡힌 두 사람은 한동안 제자리에서 움직이지 못했다. 그 순간에도 사정 봐주지 않고 쏟아지는 빗줄기를 맞으며 우두커니 서 있었다. 마음 깊은 곳에서 오늘 안에 나은을 만나리란 의지가 꺾이고, 무사히 하산이나 할 수 있을까 하는 두려움이 엄습했다. 하지만 와중에도 한 가지 사실만은 분명히 인지했다.

'움직여야 해.'

어디로든 가지 않으면 아무 일도 달라지지 않으니까. 어느

곳으로 갈지, 얼마나 갈 수 있을지 몰라도, 이런저런 걱정을 제쳐 두고 일단 움직여야 한다고 생각했다. 이윽고 은호와 도희는 생각을 실행에 옮겼다. 그런데 바로 그 순간.

"앗."

진정한 난관이 찾아왔다. 돌부리에 걸린 은호가 외마디 소리를 내며 휘청댔다. 도희는 반사적으로 그에게 손을 뻗었다. 하지만 그때 도희가 발을 디디고 있던 진창이 푹 꺼졌다.

"으앗."

곧바로 도희의 몸이 앞으로 기울어졌다. 뻗었던 손은 은호를 잡아 주는 대신 밀쳐 버렸고, 두 사람은 함께 넘어졌다. 그대로 엎어지기만 하면 좋았으련만, 운이 따르지 않으려니 엎어진 지점이 하필 경사가 기울어진 곳이었다. 하나, 둘, 셋, 넷, 다섯. 은호와 도희는 딱 다섯 걸음 앞까지 주르륵 미끄러졌다. 그리고 가파른 벼랑 아래로 툭 떨어졌다.

우당탕탕. 은호와 도희는 질퍽한 흙 위를 굴렀다. 비명을 지르지도, 손으로 머리를 감싸지도 못한 채, 울퉁불퉁한 내리막길을 뒹굴었다. 튀어나온 돌과 뾰족한 나무에 온몸이 쓸렸지만, 정신이 없어서 하나도 아프지 않았다. 와중에 이 길의 종착지가 어딘지 가늠할 여력 따위는 없었다. 그들은 그저 구르고 구르다 어느 순간, 퍼억, 소리와 함께 멈추었다.

"으으."

고요한 숲 한복판에 두 높낮이의 쥐어짜는 신음이 흘렀다. 벼랑 아래가 천 길 낭떠러지가 아닌 비탈길이라 천만다행이었다. 단번에 낙하하지 않고 뒹군 덕분에 은호와 도희는 겨우 목숨을 보전했다. 하지만 그뿐이었다. 둘 다 떨어진 자리에서 꼼짝도 하지 못했다. 일어나기는커녕 진창에 처박힌 고개조차 못 들어 올렸다. 아픔이나 추위 같은 감각도 전혀 못 느꼈다.

"괜찮아?"

은호와 도희는 서로에게 묻고 싶었다. 그러나 뜻대로 목소리가 나오지 않았다. 서로를 도와주어야 한다는 생각만 되풀이할 뿐, 실상은 서로가 도움을 받아야 하는 처지였다.

마치 십이 년 전처럼.

웃기지도 않네. 은호와 도희는 거의 동시에 생각했다. 오래전, 이 마을에서 앞날이 창창한 청년에게 목숨을 빚지고 겨우 살아났는데, 한참 만에 제 발로 돌아와서 바다 대신 진창에 빠져 죽을 위기에 처하다니. 기가 막혔다. 어떤 비극적인 운명의 장난질에 놀아난 것 같은 기분이 들어서 불쾌했다. 또한 무서웠다.

'정말로 이렇게 죽는다고?'

믿기지 않았다. 남겨질 가족들이 걱정되고, 못다 한 일들과 못 해 본 일들이 셀 수 없이 떠올랐다. 이대로 눈을 감으면 절대로 돌이킬 수 없는데, 완전히 눈을 감기 전에 누구든, 어떤 식으로든, 구해 주었으면 했다. 기적적으로 말이다. 인생의 마침표를 찍는 방식을 택할 수 있는 사람은 아무도 없지만 이런 식은 너무 싫었다. 몸서리가 쳐질 정도였다. 실제로 한차례 몸이 부르르 떨렸다. 바로 그 순간.

갑자기 땅이 얼음장처럼 변하기 시작했다. 동시에 땅에 닿아 있던 볼과 손이 아려 왔다. 이를 기점으로 무뎌졌던 감각이 살아나며 후드득후드득, 등허리를 강타하는 빗줄기가 느껴졌다. 곧이어 예정된 수순처럼 끔찍한 고통이 찾아왔다. 머리부터 발끝까지 아프지 않은 곳이 없었다. 전신이 아파서, 정확히 어디를 얼마나 다친 건지 알아채기 어려웠다. 하지만 다행히 어느 한 군데 깊은 부상은 없는지, 움직이고자 마음을 먹은 부위는 무리 없이 꿈틀거려졌다.

잠시 뒤 은호가 먼저 일어났다. 근처에 있는 가느다란 나무를 붙들고 간신히 두 발로 섰다. 도희도 천천히 몸을 일으켰다. 가까이 떨어져 있던 핸드폰을 줍고 부들거리며 섰다. 핸드폰엔 진흙이 잔뜩 묻어 있었으나 다행히 작동되었다. 도희는 일단 플래시를 켰다. 그리고 어둠 속에서 눈부신 빛 한 줄기를 은호에게로 향했다. 은호는 반사적으로 눈을 찡그리면서 나무를 잡지 않은 쪽 팔로 눈가를 가리고 말했다.

"그것 좀 꺼 줄래?"

하지만 도희는 그 요청을 따르지 않았다. 거부하는 이유를 설명하지도 않았다. 대신 천천히 불빛을 은호의 머리 위로 이동시켰다. 무언가 이상한 낌새를 눈치챈 은호는 눈을 가늘게 뜨고 불빛을 따라 고개를 들었다. 그러자 자신이 붙들고 있는 나무의 꼭대기가 보였다.

알고 보니 그것은 나무가 아니었다. 철로 된 인공물이었다. 흡사 핀 조명을 받은 것처럼 어둠 속에서 빛나는 그것의 정체는 녹이 슨 동그란 표지판이었다.

소소리 마을 곳곳에는 해변으로 가는 길을 안내하는 표지판이 많았다. 이틀 동안 은호와 도희는 다양한 장소에서 같은 표지판들을 여러 번 보았다. 4차선 도로에서 하나, 상점 거리에서 하나, 학교 근처에서 하나 그리고 숲 어귀에서 하나.

무성한 수풀 사이에 우뚝 선 표지판은 산책로가 만들어지던 시점에 세워져서, 산책로가 사라질 때까지 철거되지 못하고 주민들의 뇌리에서 사라진 흉물이었다. 하지만 현재의 은호와 도희에게는 행운의 상징이나 다름없었다. 불과 조금 전, 벼랑에서 떨어지고 절망에 빠졌던 그들은 뜻밖의 표지판을 발견하고 생각을 고쳐먹었다. 온몸이 쑤시고 아팠지만, 결과만 놓고 보면 지름길로 하산했음을 깨달았기 때문이다.

폭우가 퍼붓는 숲속에서, 어둠을 곧게 가르는 빛의 양 끝단에 선 은호와 도희는 잠시간 서로를 바라봤다. 그리고 곧, 누가 먼저랄 것 없이 움직였다. 표지판이 가리키고 있는 방향을 따라 발을 옮겼다. 와중에 서로가 걷는 모양새를 보고 피차 크게 다치지 않았음을 확인하며 안도했다. 다행이네,라고 생각할 즈음 진창이 끝나고 보도블록이 나타났다. 은호와 도희는 안전하게 조성된 길을 따라 달리기 시작했다.

머잖아 두 사람은 목적지 부근에 도착했다. 이미 한 차례 마을을 한 바퀴 둘러본 덕분에, 한 번도 헤매지 않고 버려진 선착장 초입에 발을 들였다. 그제야 그들은 속도를 늦췄다. 그리고 헉헉 거친 숨을 몰아쉬며 주위를 살폈다. 나은이 부디 이곳에 있기를 바라며 점점 깊숙이 안으로 향했다. 그때, 저 멀리 시선을 끄는 물체가 포착됐다. 쏟아지는 빗줄기 사이로 보이는 그것은 정차되어 있는 하얀색 경차였다.

은호와 도희는 지체 없이 다가갔다. 거리가 좁혀지자 3003 번호판이 보였다. 반가운 마음에 두 사람은 차체에 바짝 붙었다. 각각 운전석과 조수석 쪽에 서서 옅은 선팅이 되어 있는 창 너머를 들여다봤다. 안에는 한 사람이 있었다. 그토록 찾아 헤맸던 나은이었다. 그녀는 운전석에 무방비하게 앉아 있었다. 지그시 눈을 감은 채로.

"자는 건가?"

도희가 갸웃하며 말했다.

"그렇게 보이긴 하는데……. 자는 게 맞겠지?"

은호가 도희보다는 걱정스러운 기색을 내비치며 창문을 두들겼다. 쾅쾅! 하지만 나은은 반응하지 않았다. 그녀의 표정은 편안해 보이고 낯빛도 괜찮았지만, 정확히 어떤 상태인지, 혹시나 어디가 아픈 건지 파악하기 어려웠다. 언니! 누나! 은호와 도희는 나은을 불러 보았다. 하지만 여전히 그녀는 전혀 미동하지 않았다. 이 시점에 은호와 도희는 빠른 판단을 내렸다. 은호는 핸드폰을 꺼냈고, 도희는 근처에 있는 돌멩이를 집었다. 곧이어 은호는 구조 요청을 위한 전화를 걸었고, 도희는 돌멩이로 창문을 내리쳤다.

쾅쾅!

그때였다. 은호의 핸드폰 너머에서 구급 대원의 목소리가 들리고, 도희가 다시 한번 돌멩이로 창문을 찍으려는 찰나에 꿈틀, 나은의 눈꺼풀이 미세하게 움직였다.

19

눈꺼풀이 간지럽다. 따뜻하고 포근한 기운이 느껴진다. 눈을 뜨기 전부터 알 수 있다. 이곳은 방 안이다. 여름 햇살에 데워진 정겹고 아늑한 고교 시절의 방.

나는 눈을 번쩍 뜨며 외친다.

"안 돼!"

눈앞에 벽시계가 있다. 오후 3시. 평소와 같다. 나는 서둘러 일어나서 창가로 달려간다. 조금 열려 있던 창문을 활짝 열고 고개를 밖으로 내밀자 새파란 하늘이 보인다. 하늘 꼭대기에 태양이 떠 있다. 기세 좋게 이글거리는 두 개의 태양이.

이상한 꿈을 꾸기 시작한 이래, 나는 단 한 번도 꿈과 현실을 혼동한 적이 없다. 바로 저 태양들 덕분이다. 처음엔 개수가 훨씬 많았다. 눈부심을 무릅쓰고 하나씩 세어 보았을 때,

정확히 열 개가 있었다. 하지만 시간이 지남에 따라 차츰 줄어 들었다. 한 번 꿈을 꿀 때마다 하나씩.

약 두 달에 걸쳐 여덟 번의 꿈을 허비한 지금, 남은 태양은 단 두 개뿐이다.

"하필이면 이런 때……."

원치 않은 시점에 꿈속으로 들어온 나는 당황한다. 그리고 조금 전까지 현실에서 있던 일을 떠올린다. 지난밤, 수빈의 집 에서 여덟 번째 꿈을 꿨던 나는 방심했다. 지금까지의 패턴에 따르면 이상한 꿈은 짧으면 사나흘, 길면 열흘에 한 번 간격으 로 되풀이되었기에, 앞으로 며칠간은 같은 꿈을 꿀 리 없다고 생각했다. 그래서 긴장을 푼 채 차에서 쉬었다. 갑작스러운 폭우로 몸이 오슬거리자 담요를 목 밑까지 덮었고, 노곤함이 찾아오자 눈을 감았다. 그 바람에 깜빡 잠이 들어 갑작스럽게 아홉 번째 꿈을 맞게 된 나는 분에 겨워 외친다.

"멍청하긴."

솟구치는 분노의 근원은 불안이다. 내게 미래를 바꿀 기회 는 무한히 있지 않기 때문이다. 이 꿈에는 횟수 제한이 있다. 아마도 열 번. 예상치이지만 틀림없으리라고 확신한다. 감히 장담컨대 태양이 전부 소멸할 때 기회도 모두 사라질 테다. 이 미 수차례 목표 달성에 실패한 지금, 내게 남은 기회는 단 두 번뿐이다.

그런데 하필 이런 시기에 방심하고 긴장을 풀다니. 스스로가 한심해서 화가 끓는다. 하지만 화를 표출하는 행위는 시간 낭비일 뿐임을 안다. 이러나저러나 이미 꿈은 시작됐고, 내게 주어진 시간은 한 시간이며, 할 일이라면 정해져 있다.

나는 황급히 집 밖으로 뛰쳐나간다. 평소처럼 해변을 목적지 삼아 달린다. 골목길과 상점 거리와 4차선 도로를 빠르게 통과한다. 지인들과 친구들의 부름은 무시한다. 금세 해변에 다다라서 수빈을 찾는다. 늘 있던 그 자리에 그가 무사히 있단 사실을 확인하고 지나친다. 나은아! 몇 번을 들어도 번번이 돌아보고 싶게 만드는 그의 부름도 무시한 채 달린다. 쏜살같이 모래사장을 질주하며 여섯 살의 은호와 도희를 찾는다.

처음엔 금방 목표를 달성할 줄 알았다. 두세 번만 꿈속을 헤매면 아이들과 만나게 되리라고 믿었다. 소소리 마을은 작고, 관광객이 갈 곳은 뻔하고, 나는 그 모든 장소를 속속들이 알고 있으니까. 하지만 의외로 아이들은 쉽게 눈에 띄지 않았다. 당초 그들이 있으리라고 예상한 모든 장소를 두 번씩 돌았음에도 옷깃 한 번 포착하지 못했다. 이상하게도 그들은 꼭 꿈이 끝나기 직전에 바다에서 나타났다. 물에 빠져 도움을 구하는 채로 등장해 번번이 수빈이 바다로 달려가게끔 만들었다.

그렇다면 미리 바다에서 기다리고 있다가 사고 직전에 아이들을 잡으면 안 되나? 당연히 그 생각을 했고, 몇 차례 시도도 해 보았다. 하지만 결론적으로 그 방법은 유효하지 않았다. 꿈마다 아이들이 허우적거리며 등장하는 지점이 달라져서였다. 어째서? 이 꿈은 모든 일이 십이 년 전과 똑같은 게 아니었나? 거듭되는 실패에 이런 의문이 생겼다. 그러나 곧 깨달았다. 이 의문을 누구한테 제기해야 한단 말인가. 애초에 이런 꿈을 반복해서 꾸는 것이 상식적이거나 논리적인 일이 아닌데. 그런 문제에 집착하느니 차라리 딱 한 번만 기회를 제대로 잡는 편이 나았다.

나는 머리를 비우고 물가를 달린다. 빠르게 파라솔 옆을 지나며 그 아래에 누워 있는 사람들을 별 수확 없이 훑어본 뒤, 곧장 비치 발리볼 네트장을 향해 돌진한다. 그곳에 무리 지어 있는 사람들에게로 눈길을 돌린다. 그런데 그때.

쾅쾅!

별안간 커다란 굉음이 울린다. 꿈속에서 처음 듣는 소리다. 깜짝 놀란 나는 반사적으로 주위를 둘러본다. 하지만 주변 사람들은 아무런 반응도 보이지 않는다. 다들 아무 소리도 못 들은 것처럼 태연하게 군다. 곧바로 나도 이변을 무시한다. 아직 이번 꿈에 주어진 시간이 남아 있으니까 쓸데없는 일에 한눈팔지 않기로 한다. 하지만 머잖아,

쾅쾅!

한 번 더 굉음이 울린다. 흠칫하며 고개를 들어 올리자 하늘에 박힌 두 개의 태양이 보인다. 오른쪽 태양은 눈부시게 빛나고 있다. 왼쪽 태양도 똑같이 빛나고 있다. 그런데 어째 모양이 조금 이상하다. 윤곽선이 물결 모양으로 이글거리며 불안정하게 요동치더니 어느 순간.

펑! 터져 버린다. 온 하늘에 섬광이 번쩍인다.

나는 눈을 질끈 감는다. 미간이 구겨질 정도로 꽉, 눈꺼풀을 내리고 힘을 준다. 그때 온몸을 휘감는 따뜻한 기운이 느껴진다. 쏴아아 빗소리도 들려온다. 천천히 눈을 뜨자 차창 너머 풍경이 보인다. 쏟아지는 빗줄기 속에 두 사람이 서 있다.

각각 핸드폰과 돌멩이를 쥐고 있는 열여덟 살의 은호와 도희다.

'그날 그가 살려 준 아이들은 지금 어떻게 살고 있을까?'

오랫동안 기억 저편으로 밀어 두었던 은호와 도희가 의식의 전면에 떠오른 때는 내 왼손에 전에 없던 흉터가 생긴 새벽이었다. 더 정확히는 낯선 흉터를 보고 어쩌면 내 꿈과 과거가 이어져 있을지도 모른다는 생각을 하던 순간이었다.

'꿈속에서 바다로 가려는 수빈이를 붙잡으면 현실에서 수빈이는 되살아날 수 있는 건가? 만일 그렇다면 그때 바다에 있던 아이들은 어떻게 되는 거지?'

아주 잠깐 이러한 질문이 떠오르며, 은호와 도희에 대한 생각이 의식을 지배했다. 하지만 이 질문을 오래 파고들진 않았다. 곧바로 수빈이 대신 아이들을 붙잡으면 세 사람을 모두 살릴 수 있단 사실을 깨달았기 때문이다. 나는 얼른 불쾌한 질문을 머릿속에서 지우고, 두 번 다시 떠올리지 않았다. 그러나 한번 알고 싶어진 아이들의 근황은 계속 신경이 쓰였다. 그래서 찾아갔다. 어차피 그즈음, 언제 다시 시작될지 모를 꿈 때문에 전전긍긍해서 일상생활이 불가능해진 터였기에 미친 척하고 몇 주간 아이들을 쫓아다녔다.

멀리서 바라본 은호와 도희는 평범했다. 딱히 뛰어나지도 모나지도 않았다. 언뜻 여느 학교에서나 찾아볼 수 있는 흔한 학생들처럼 보였다. 하지만 나는 알았다. 하늘 아래 같은 사람은 존재하지 않았다. 모든 사람은 존재 자체로 유일하고, 한 사람이 꾸리는 삶은 그 사람이 세상을 떠나는 즉시 다른 누구도 대신할 수 없었다.

은호와 도희를 지켜보며 나는 자주 떠나간 수빈을 떠올렸다. 짧게나마 그가 누렸던 청춘을 회상하고, 함께했던 시절을 그리워하며, 더 누리지 못한 시간을 아쉬워했다. 곧잘 서글픈 기분에 빠져들기도 했다. 하지만 모난 마음의 화살이 은호와 도희에게 향하는 경우는 없었다. 오래전부터 이 사실만은 확실히 믿고 있어서였다. 그 사고의 원흉은 아이들이 아니었다고, 선택은 수빈이 했고, 아이들은 운 나쁘게 운명의 장난질에 휘말렸을 뿐이라고.

나는 몽롱한 기분에 젖은 채 차창 너머에 있는 은호와 도희를 본다. 각각 핸드폰과 돌멩이를 쥐고 있는 열여덟 살의 그들을 보며 생각한다.

'너희들 잘못이 아니야.'

그 순간, 쏴아아. 귓가에 빗소리가 들려온다. 언니! 누나! 아이들의 외침도 들려온다. 동시에 마음 깊은 곳에서 번지는 또 다른 나의 속삭임도 들려온다.

'하지만 수빈이의 잘못도 아니었지.'

나는 그 소리에 귀 기울인다.

'수빈이야말로 운명의 장난질에 희생되었잖아?'

바로 그 순간, 뇌리에서 한 번 지웠던 질문이 되살아난다. 미래를 바꾸어 볼 기회가 단 한 번 남은 지금, 마지막 꿈에서만큼은 지금까지와 다르게 움직인다면, 현실에서 어떤 일이 벌어지게 될지 궁금해진다.

'만일 내가 꿈속에서 수빈이를 붙잡으면, 현실에서 은호와 도희는 어떻게 되는 거지?'

20

소소리 마을에 한바탕 퍼붓던 폭우가 잠잠해졌다. 투둑, 가느다란 빗줄기가 차창을 치고 흘렀다. 은호는 창밖을 응시했다. 해가 난 바깥 풍경이 보였다. 하늘은 맑아졌고, 선착장은 환해졌다. 하지만 차 안 분위기는 어색하고 싸늘했다.

정차된 차의 뒷좌석에 앉은 은호는 옆에 있는 도희와 운전석에 있는 나은을 보기가 불편해서, 괜히 볼 것 없는 창밖에 시선을 고정했다. 그러면서 조금 전 일을 떠올렸다.

혼자 차 안에 있는 나은을 발견했던 당시, 은호는 의식 없는 그녀가 걱정되어 서둘러 구조 전화를 걸었다. 그동안 도희는 돌멩이로 창문을 찍었다. 그때 꿈틀, 나은의 눈꺼풀이 미세하게 움직였다. 곧이어 그녀는 천천히 눈을 뜨고, 은호와 도희를 보았다. 막 코마에서 깨어난 사람처럼 멍하니 있다가 뒤늦게

화들짝 정신을 차리고 차 문을 열었다.

"너희가 왜 여기 있어?"

또렷한 외침으로 미루어 나은의 상태는 멀쩡한 것 같았다. 순식간에 상황 판단을 마친 은호는 오해가 있었다고 사죄하고 구조 전화를 끊었다. 도희는 돌맹이를 버렸다. 뒤이어 일단 타라는 나은의 제안에 따라 차에 탑승했다. 나은은 머리부터 발끝까지 흠뻑 젖은 데다 진흙투성이인 은호와 도희를 당혹스럽게 보며 물었다.

"어떻게 된 거야? 왜 이곳에 있어? 꼴은 또 왜 이렇고?"

은호와 도희는 번갈아 답했다.

"누나랑 다시 만나고 싶어서 마을에 남았어요."

"언니를 찾아서 숲속 별장에 갔다가 내려오는 길에 넘어졌고요."

나은이 의아한 표정을 지었다.

"왜 나를 다시 만나려고 했는데?"

"그게 어제 헤어질 때 누나가 좀……."

은호가 말끝을 흐리며 곤란해하자, 도희가 대신 말했다.

"이상해 보여서 신경 쓰였거든요."

"신경이 쓰였다고? 그게 다야?"

나은이 되물었다. 그리고 이 상황이 도저히 믿기지 않는다는 듯 말했다.

"고작 그런 이유로 내 잠을 깨웠단 말이야?"

나은은 기막힌 심정을 드러내며 하핫, 실소를 뱉었다. 그러더니 갑자기 계기판 쪽으로 고개를 푹 숙이고 부들부들 떨리는 양손으로 핸들을 꽉 잡았다. 마치 겨우 분노를 삭이려는 사람 같았다. 뜻밖의 격앙된 반응에 은호와 도희는 당황했다. 그들은 나은이 거친 숨을 몰아쉬는 동안 어쩔 줄 몰라 하며 꼼짝없이 자리를 지켰다.

주륵, 차창에 맺혀 있던 빗방울이 흘러내렸다. 차 안에 정적이 흐른 지 제법 시간이 지났다. 하지만 얼어붙은 기류는 좀처럼 풀릴 줄 몰랐다. 은호는 스리슬쩍 차창에서 나은에게로 시선을 돌렸다. 그녀는 여전히 말 한마디 붙이기 어려운 분위기를 풍기며 몸을 웅크리고 있었다.

'단잠을 깨우면 누구나 짜증이 나겠지만, 보통은 저 정도로 화내진 않지 않나?'

은호는 나은의 수그린 등을 보며 생각했다. 그리고 특별히 나은이 잠에 예민하게 구는 이유가 수면 장애 때문이려나 짐작했다. 그 원인은 필시 트라우마일 터였다. 은호는 깊은 밤 홀로 괴로워했을 나은을 어렵지 않게 상상했다. 수빈의 존재를 전혀 모르던 자신이 속 편히 잠들어 있던 긴 세월 동안 밤새 수빈을 그리면서 괴로움에 뒤척였을 나은을 떠올리자 가뜩이나 무거웠던 마음이 더욱 무거워졌다. 납덩이로 된 추가 하나둘 주렁주렁 매달리는 기분이 들었다. 그때였다.

"괜찮아?"

상상에 빠진 은호가 눈의 초점을 잃고 있던 사이, 어느새 진정하여 고개를 들어 올린 나은이 사이드 미러를 통해 뒷좌석을 보며 말을 걸었다.

"네?"

아까부터 그녀에게 괜찮냐고 묻고 싶었는데, 도리어 그 말을 들어 버린 은호가 반문했다. 그때 나은이 스르르 고개를 뒤로 돌렸다. 그리고 은호와 도희의 몸을 훑어보았다. 정확히는 벼랑에서 구를 때 손과 발에 생긴 자잘한 상처들을 살펴보며 말했다.

"폭우가 내릴 때 숲속을 내려오면 어떡해? 올라가면서 봤을 거 아니야? 길이 얼마나 험한지. 너희들 자칫하면 진짜 크게 다칠 뻔했어."

뜻밖의 잔소리에 은호가 머쓱해하며 대꾸했다.

"그 정도로 위험한 줄 몰랐어요."

"죽을 수도 있었어."

"거기까지는 생각 못 했어요."

그때 갑자기 나은이 표정을 굳히고 말했다.

"사람들은 이상하게 죽음이 친절하다고 생각해. 먼 훗날, 천천히 찾아와 줄 거라고. 사실은 이미 굉장히 가까이 다가와 있을 수도 있는데……."

기분 탓인지 나은의 목소리가 서늘하게 들렸다. 은호는 홀린 듯이 고개를 끄덕였다. 뒤이어 나은이 상처에 신경 쓰지 않도록 양손을 움직여 보이며 말했다.

"어쨌든 괜찮아요. 별로 아프지 않고 멀쩡해요."

그 순간 은호의 몸이 그의 말을 증명하려는 듯 반응했다. 별안간 배에서 꼬르륵 소리가 났다. 조용한 차 안에 우렁찬 소리가 울리자 은호는 멋쩍은 표정을 지었다. 바로 그때, 다행히 민망함을 상쇄해 줄 소리가 연이어 울렸다. 도희의 배에서도 꼬르륵 소리가 났다.

세 사람은 소소리 마을에서의 마지막 식사를 함께하기로 했다. 하지만 그 전에, 몸단장을 새로 할 필요가 있었다. 빗물에 젖어 축축하고, 진흙이 붙어 지저분한 몰골로는 어떤 식당에도 입장할 수 없었기 때문이다. 은호와 도희는 오래된 대중목욕탕에 들어갔다.

여탕에서 도희는 빠르게 움직였다. 일행들을 오래 기다리게 할 수 없으니 대강 샤워를 마쳤다. 그리고 탈의실에서 쇼핑백을 열었다. 안에는 목욕탕에 들어가기 전, 작은 옷 가게에서 나은이 구입해다 준 속옷과 추리닝 세트가 들어 있었다. 도희는 서둘러 옷을 입고 밖으로 나가기 직전에 마지막으로 상태를 점검하기 위해 거울을 보았다.

그때 목에 난 작은 상처가 눈에 들어왔다. 벼랑에서 구르며 난 상처였다. 순간적으로 도희는 추락 직후 그대로 죽는 줄 알고 몸서리치던 때를 떠올렸다. 실제로 벼랑이 더 가팔랐거나, 장애물이 더 뾰족했다면 도희는 크게 다치거나 목숨을 잃을 수도 있었다. 숲을 내려갈까? 폐가에 머무를까? 찰나의 선택에 따라 생사가 달라질 수 있었다는 사실이 뒤늦게 실감나자 섬뜩해졌다. 도희는 거울에 비친 자신을 보며 목을 한 번 매만지고 밖으로 나갔다.

나은의 차는 목욕탕 맞은편 길가에 서 있었다. 안에는 이미 은호가 타 있었다. 멀끔하게 단장한 그는 도희와 같은 추리닝을 입고 있었다. 어째 커플룩 같아 보여 신경 쓰였지만 공짜로 옷을 얻어 입은 처지에 그런 문제를 따질 순 없었다. 도희는 얌전히 은호의 옆에 앉았다.

"식당은 내가 미리 찾아 놨어."

나은이 엑셀을 밟으며 말했다. 그대로 얼마간 곧게 뻗은 1차선 도로를 달리다, 눈에 익은 4차선 도로가 나타날 즈음 갑자기 차를 세우며 이렇게 알렸다.

"그곳에 가려면 여기서부터 걸어가는 게 빨라."

차에서 내린 나은은 앞장서 걸었다. 좁은 인도를 지나 더 좁은 옆길로 빠진 다음 돌계단을 내려갔다. 계단 끝에는 드넓은 해변이 펼쳐져 있었다. 어제 은호와 도희가 방문하려다 상황이 여의찮아서 들르지 못하고, 아까 나은을 찾기 위해 위에서만 훑어본 장소였다.

십이 년 전 사고가 벌어진 바로 그 장소.

막 일몰이 시작된 해변에는 아무도 없었다. 주홍빛 하늘 아래서 무수한 모래알들만 석양을 품고 반짝였다. 은호와 도희와 나은, 세 사람은 그 위에 발자국을 찍으며 유유히 나아갔다. 그동안 감히 깨트리기 어려운 고요가 그들 주위를 감쌌다. 도희는 구태여 지금 이 길을 지나자고 한 나은의 의중을 이해할 수 없었다. 아무리 지름길이라고 해도 이 해변에 오면 분위기가 서먹해지리라는 걸 충분히 짐작할 수 있었을 텐데 말이다. 하지만 도희 자신이 한 번은 이곳에 와 보고 싶었기에, 괜한 생각을 오래 하지 않았다. 잠자코 바다를 보며 걸었다.

소소리 바다는 새파랗고 광활했다.

현재 도희가 보고 있는 풍경이나 십이 년 전 풍경이나 백이십 년 전 풍경이나 크게 다를 것 같지 않았다. 그래서인가. 긴 세월 꿈쩍 않는 바다에게선 어딘가 고고한 기품이 느껴졌다. 그 자체로 강하고 완전무결해 보였다. 또한 무심하게 느껴지기도 했다. 곁에 누가 오가든, 지척에서 무슨 일이 생기든 바다는 조금도 신경 쓰지 않을 것 같았다. 국가의 흥망과 전쟁의 승패도 덧없다 할 듯했다. 하물며 십이 년 전 뒤바뀐 인간들의 생사 따위야……

　해변을 반쯤 지났을 무렵, 급격히 무력한 기분에 빠진 도희
는 바다에서 시선을 떼었다. 그리고 우측에 있는 은호를 곁눈
질했다. 그는 조금 전 도희처럼 바다를 주시하고 있었다. 우
수에 젖은 표정으로 보아, 아마도 도희와 비슷한 생각을 하고
있지 싶었다. 도희는 시선을 반대로 옮겨서 좌측에 있는 나
은을 보았다. 나은 역시 바다를 응시하고 있긴 마찬가지였다.
그런데 어째 분위기가 은호와는 사뭇 달랐다. 서글픈 표정으
로 잠잠히 사색에 빠져 있는 대신, 중대한 결전을 앞둔 사람처
럼 안절부절못하며 초조해했다.

　'어째서?'

　도희는 의구심을 가졌다. 하지만 곁에서 아무리 나은의 옆
얼굴을 몰래 보아도, 흔들리는 눈동자 속에 담긴 그녀의 고뇌
는 전혀 짐작되지 않았다.

21

오후 8시 무렵, 드디어 목적지에 도착했다. 나은이 안내한 식당은 소소리 마을의 분위기와 걸맞지 않게, 별나게 고급스러웠다. 아직 개업 축하 화분이 놓여 있는 널찍한 홀에 입장한 세 사람은 구석 자리에 앉았다. 머잖아 나은이 주문한 요리들이 차례로 나왔다. 갖가지 해산물로 이루어진 진수성찬이 차려졌다. 생각보다 융숭한 대접에 은호와 도희는 당황했다.

'왜? 이렇게까지?'

배는 고프지만 즐겁게 식사할 기분이 아니었던 두 사람은 그릇을 반이나 비울 수 있을지 염려했다. 하지만 이는 기우였다. 막상 수저를 들자, 한창 먹성 좋을 나이답게 음식이 술술 들어갔다. 한동안 은호와 도희는 말없이 식사에 집중했다. 반면 나은은 그런 그들의 곁에서 적당히 먹는 시늉만 했다. 잠시 뒤, 이를 눈치챈 은호가 조심스레 침묵을 깼다.

"누나, 안 드세요?"

나은은 선선히 대꾸했다.

"천천히 먹을게."

그러나 가벼운 말투와 달리 그녀에게서 풍기는 분위기는 무거웠다. 도희는 해변을 지날 때부터 서서히 어두워진 나은의 안색을 살피며 물었다.

"혹시 몸이 안 좋은 건 아니죠?"

"아니야. 그냥 마음에 걸리는 일이 있어서 그래."

나은은 다시금 가벼이 대꾸하고, 슬쩍 화제를 바꿨다.

"그런데 너희 마음에 걸렸던 일은 대체 뭐야?"

"네?"

"내가 얼마나 이상해 보였길래, 뭐가 그렇게 신경 쓰여서 날 다시 만나려고 마을에 남았냐고."

나은이 이렇게 대화의 장을 열어 주자 은호와 도희는 기회를 놓치지 않았다. 그들은 어제부터 궁금했던 일들을 모조리 물었다. 왜 갑자기 스토킹을 시작했는지, 어째서 마을을 몰래 돌아다니고 있는지, 스치듯 언급한 꿈의 내용은 무엇인지 말이다. 그 모든 질문에 나은은 간결히 답했다.

"얼마 전부터 수빈이 사고를 당한 날의 꿈을 반복해서 꾸고 있어. 그 이후 너희가 어떻게 사는지 궁금해졌고, 내가 해야 할 일이 뭔지 알았어."

"해야 할 일이요?"

"응. 그 일을 하려고 마을에 돌아온 거야. 사실 꼭 여기서 할 일은 아니지만, 여기에 있으면 더 잘할 수 있을 거 같아서. 혹시라도 실패할까 봐 최근에 좀 불안해졌거든. 이곳으로 돌아와서라도 각오를 다질 필요가 있었어. 그렇지만 그 일이 뭔지 설명하고 싶진 않아서 아는 사람들을 피해 다녔던 거야. 별로 말할 만한 일이 아니라서."

"말할 만한 일이 아니라고요?"

은호와 도희가 동시에 미심쩍은 표정을 지었다. 차마 말로 뱉진 않았지만, 나은의 정신 상태를 염려하고 있다는 사실을 눈빛으로 고스란히 드러냈다. 곧바로 이를 눈치챈 나은이 마뜩잖은 내색을 했다.

"둘 다 그렇게 보지 말아 줄래? 말했잖아. 난 제정신이라고. 단지……"

나은이 주춤했다가 말을 이었다.

"기적을 바라고 있을 뿐이야. 간절한 소원이 있는 사람이라면 누구나 그러하듯이 뭐라도 좋으니까 시도해 보려는 것뿐이라고."

말을 맺은 나은은 황급히 물잔을 들어 목을 축였다. 그리고 물잔을 내리며 은호와 도희의 질문에 이 이상 답해 줄 수 없단 뜻을 밝혔다. 지금 해 줄 수 있는 말은 전부 해 주었다고 선을 그은 뒤, 자신이 질문을 던졌다.

"그나저나 너희는 내가 선착장에 있는 줄 어떻게 알았어? 우연이었어?"

"아니요."

은호가 설명했다.

"수빈이 형 집에서 누나가 찍은 영상들을 보고 찾아간 거예요. 그 선착장이 두 사람한테 의미 있던 것 같아서요."

나은이 수긍했다.

"의미 있지. 이 마을에서 보낸 마지막 여름에 수빈이랑 단둘이 많은 시간을 보낸 곳이니까. 당시에 거기서 주로 영화 얘기를 했었어. 같이 한 편 찍어 보려고."

바우에게서 들은 적이 있는 얘기였다. 도희가 자연스럽게 물었다.

"어떤 영화를 찍으려고 했는데요?"

"그게……"

그런데 이상하게 나은이 즉답을 하지 못했다. 별로 곤란한 질문 같지 않았는데 한참을 망설이다가 겨우 이렇게 말했다.

"나도 잘 몰라."

"네?"

도희가 당황하며 되묻자, 나은이 덤덤히 설명을 더했다.

"초반 작업을 수빈이가 했거든. 걔가 먼저 이야기를 만들면 같이 수정한 다음 내가 주도해서 찍을 계획이었어. 그런데 이 야기가 완성되지 않았지."

나은이 일단 말을 맺었다가 얼른 정정했다.

"아니, 사실은 완성되었던 거 같아. 적어도 수빈이 머릿속 에선. 사고가 나기 몇 시간 전에, 할 말이 있으니까, 해변에서 만나서 같이 선착장에 가자는 메시지를 받았었거든. 무슨 용 건인진 말하지 않았는데 내 생각엔 그날 저녁에 노트를 주려 했던 거 같아. 뭐, 결국 받지 못했지만. 나중에 찾지도 못했고. 아마도 그 노트는 사고 직후에 해변 어딘가를 뒹굴다가 버려 졌을 거야."

말을 맺은 나은이 다시 물잔을 들었다. 그리고 조금 전보다 천천히 시간을 들여서 목을 적신 뒤, 물잔을 내림과 동시에 시 선도 내리며 속삭였다.

"종종 생각했어. 그날 사고가 나지 않았다면, 우리가 예정 대로 선착장까지 함께 갔다면 어땠을까. 그 장면을 상상하긴 어렵지 않았어. 노을이 내리고, 갈매기 소리가 울리는 그곳엔 자주 같이 있었으니까. 나란히 앉아서 저무는 태양을 바라보 는 동안, 걔가 먼저 내 이름을 불렀겠지. 평소와 같은 목소리 로. 그러면 난 걔가 들려줄 이야기에 귀 기울였을 테고. 그런 데⋯⋯ 항상 그다음 장면이 잘 상상되지 않았어. 아무리 기다려도 수빈인 아무 말도 하지 않아. 걔가 어떤 이야기를 했을지 내가 전혀 모르니까."

나은이 쓴 미소를 지으며 말을 이었다.

"장담하는데 엄청 재미난 이야기를 하진 않았을 거야. 그 전까지 수빈인 한 번도 글을 써 본 적이 없었거든. 들으나 마나 말도 안 되는 소리였겠지. 그렇지만…… 그래도 듣고 싶어. 그날을 떠올릴 때마다 늘 궁금했어. 수빈인 대체 무슨 말을 하려 했을까?"

그 질문에 은호와 도희는 대꾸하지 않았다. 어느새 나은이 자신들을 향해 말하지 않고, 혼자서 중얼거리고 있음을 깨달았기 때문이다. 나은은 목소리를 낮추고 혼잣말하듯 말했다.

"할 수만 있다면 그 애한테 직접 듣고 싶어."

거의 들리지도 않을 정도의 작은 목소리로 속삭였다.

"어떤 대가를 치르더라도……."

깊은 밤, 폭우의 여파로 소소리 마을의 하늘이 평소보다 까 맸다. 칠흑 속에서 소박한 기차역의 불이 켜졌다. 희미하게 빛나는 역 근처에 하얀색 경차가 나타났다.

정문과 조금 떨어진 곳에 정차한 차 안에서 세 사람이 내렸다. 먼저 내린 은호와 도희가 나중에 내린 나은과 마주 섰다. 그때쯤 만남 이래 줄곧 나빠졌던 나은의 낯빛은 어둑한 길 위에서도 알아볼 수 있을 정도로 좋지 않았다. 은호가 못내 마음에 걸리는 말투로 말했다.

"누나, 정말 혼자 여기에 남을 거예요?"

"응. 웬만하면 할 일이 끝날 때까지 있을 생각이야."

곧바로 도희가 근심 어린 표정으로 물었다.

"그 일이 언제 끝나는데요?"

"나도 몰라. 며칠 후일 수도 있고 당장 오늘 밤일 수도 있어."

은호와 도희는 나은이 이렇게까지 해서 성공시키려는 일이 무엇인지 전혀 짐작하지 못했다. 기적에 대해 언급한 점으로 미루어 상식적인 일이 아닐 것이라고만 막연히 추측했고, 구체적으로 어떤 고민을 하는지까진 감을 못 잡았다. 하지만 그녀가 명확한 설명을 거부한 이상 더 캐물을 순 없었다. 도움을 줄 수도 없고, 만류를 할 수도 없었다. 지금으로서 두 사람이 할 수 있는 일은 하나뿐이었다. 그저 행운을 비는 것이었다.

"잘 되길 바라요."

은호가 말했다. 그리고 평소라면 민망해서 누군가에게 절대 하지 않을 말을 할까 말까 망설이다, 큰마음을 먹고 했다.

"누나가 행복했으면 좋겠어요."

곧바로 도희 역시 자신의 진심을 표현했다. 은호보다 마음 가는 대로 행동하는 일에 거리낌 없는 그녀는 성큼 나은에게로 다가가 와락 껴안고 말했다.

"언니만 생각해요."

나은의 귓가에 대고 하고 싶은 말을 내뱉었다.

"이것저것 생각하지 말고, 언니에게 가장 좋은 선택을 내려요."

그리고 천천히 원래 자리로 물러났다. 어둠 속에서 나은은 나란히 선 은호와 도희를 번갈아 보았다. 무슨 생각을 하는지 드러내지 않는 오묘한 표정을 짓고서 잠시간 그들을 바라보다 분위기가 어색해지기 전에 받은 응원에 화답했다.

"고마워."

바로 그 시점에 세 사람은 자연스레 알았다. 지금이야말로 아름답게 이별할 순간이라는 사실을. 은호와 도희는 먼저 작별 인사를 건넸다.

"그럼 저희는 이만 집에 가 볼게요."

"건강히 잘 지내요, 언니."

그리고 나은의 인사를 기다렸다. 어쩌면 다시는 만날 일이 없을 수도 있으니까, 기왕이면 훈훈하게 헤어졌으면 했다. 하지만 나은은 순순히 그 소망을 이뤄 주지 않았다.

"마지막 순간까지 포기하지 않을게."

그녀는 끝끝내 알쏭달쏭한 말을 했다. 은호와 도희는 별수 없다고 생각하며 웃음 지었다. 그리고 묘하게 비장함이 감도는 나은의 얼굴을 눈에 담고 천천히 돌아섰다.

오후 10시, 소소리 마을에 입성한 지 약 서른여섯 시간 만에 은호와 도희는 드디어 마을을 떠났다. 나은이 지켜보는 가운데 유유히 기차역으로 들어가서 자취를 감췄다.

홀로 남은 나은은 아이들이 떠난 길을 지켜봤다. 방금 그들이 지나갔지만, 순식간에 그 흔적이 남지 않은 텅 빈 기차역을 한참 응시하다 차에 탔다. 그길로 오랫동안 해변가를 달리다 밤이 최고조로 무르익었을 무렵, 바다가 보이는 길가에 차를 세웠다. 그리고 스르르 눈을 감았다. 그때 나은의 손목시계 시침이 3을 가리켰다.

22

오후 3시, 오늘도 변함없이 날이 무덥다. 소소리 마을 곳곳에 아지랑이가 피어 일렁인다. 이런 날엔 방구석에서 숨죽여 있는 게 최고다. 대자로 누워서, 시원한 탄산음료를 마시며 빈둥거리다, 스르륵 낮잠에 빠져들고 싶은 날이다.

'나은이라면 분명히 이렇게 얘기하겠지?'

이 같은 생각을 하며 수빈은 미소 짓는다. 지금 그는 홀로 해변에 있다. 그의 머리 위에서 태양이 빛난다. 단 한 개의 태양이 기세 좋게 이글거린다.

수빈은 눈을 가늘게 뜨고 새파란 하늘을 올려보다 이내 주위를 둘러본다. 근처에 피서객들이 가득하다. 색색이 꽂힌 파라솔 아래서 그들이 내뿜는 소란하면서도 느긋한 기운을 수빈은 좋아한다. 그리고 나은 역시 그렇다는 사실을 안다. 머잖아 그녀가 이곳으로 올 것이다. 그녀를 기다리는 동안 수빈은 하던 일을 계속한다. 파란색 노트 위에 머릿속에 있는 시나리오를 옮겨 적는다.

"이번 방학에 영화 만들어 볼래?"

나은에게서 이 같은 제안을 받은 것은 이 주 전이었다.

"우리 둘이?"

"응. 둘이서만. 어때? 재밌을 것 같지 않아?"

거절할 이유가 없었다. 솔직히 기뻤다.

"좋아."

수빈은 그 자리에서 승낙했다. 이후 도맡아 이야기를 구상했다. 잘 해내고 싶은 마음과 빨리 촬영에 나서고 싶은 의욕에 다른 일은 모두 미뤘다. 함께 서핑을 배우자는 지훈의 요청을 거절하고, 새로 생긴 빙수집에 가자는 세미와 바우의 제안을 물렀다. 상점 거리를 배회하지도 않고, 낚시를 하러 가지도 않고, 제법 흥미롭게 읽고 있던 소설책 읽기도 중단했다. 책갈피를 끼워서 책상에 고이 올려 두었다. 여름은 많이 남았으니까 나중을 기약해도 괜찮았다. 그보다 이번 여름 방학이 가기 전에 꼭 이루고 싶은 일이 있었다.

집중적으로 시간과 열정을 쏟아부은 덕에, 시나리오는 정확히 일주일 만에 완성이 되었다. 적어도 수빈의 머릿속에서는 완벽했다. 이제 할 일은 그만이 알고 있는 이야기를 지면에 옮겨 적어 다른 사람도 알 수 있게 하는 것이다. 수빈은 나은에게 가장 먼저 알려 주고 싶어서, 노트 위에 열심히 펜을 굴린다. 이 노트는 이따 건네줄 것이다.

[할 말이 있어. 해변에서 기다릴 테니까 편할 때 와. 만나서 같이 선착장으로 가자.]

약속이라면 미리 잡아 두었다. 날이 저물 때쯤 분위기를 잡으며 따로 할 말도 진즉 생각해 두었다. 그 말 역시 나은에게 가장 먼저 전해 주고 싶어서 아직 아무에게도 말하지 않았다. 오로지 그만 알고 있다. 그 말을 속으로 되뇌자 괜스레 낯이 뜨거워진다. 와중에 입꼬리가 올라간다.

어쩐지 오늘은 예감이 좋다. 기분도 좋다.

한동안 수빈은 집중해서 작업에 열중한다. 점점 무아지경에 빠져서 주변에 누가 오가든, 무슨 일이 벌어지든 개의치 않는다. 시간의 흐름도 잊은 채, 오로지 손만 움직인다. 그러다 문득 이제껏 흘러간 시간의 양을 궁금해한다. 그 순간은 바로 이런 생각이 든 때다.

'나은이가 왜 이렇게 안 오지?'

수빈은 핸드폰을 꺼내서 시간을 확인한다. 3시 50분이다.

그때, 갑자기 뒤에서 묘한 시선이 느껴진다. 설명할 수는 없지만 어쩐지 익숙한 시선이다. 그럼 그렇지. 슬슬 올 줄 알았다고 생각하며 수빈은 뒤를 돈다. 역시나 기다리고 있던 사람이 보인다. 모래사장을 가득 메운 인파 속에 나은이 서 있다. 수빈이 반갑게 맞아 준다.

"왔어?"

그런데 어째 나은이 이상하다. 그녀는 평소처럼 웃음으로 화답하지 않는다. 서둘러 달려오지도 않는다. 먼발치에 서서 열에 들뜬 얼굴로 숨을 헐떡이기만 한다.

무언가 이상한 낌새를 느낀 수빈이 웃음을 거둔다. 그때 나은이 다가오기 시작한다. 그녀의 온몸이 땀으로 흠뻑 젖어 있다. 수빈이 의아히 묻는다.

"뛰어왔어?"

"응."

"왜?"

"찾아야 할 애들이 있어서."

"누구?"

나은이 대답하지 않는다. 그저 털썩, 곁에 주저앉는다. 그녀의 입술 사이에서 거칠고 뜨거운 숨이 새어 나온다. 곧이어 미어지는 목소리도 함께 나온다.

"사실은 너한테 더 빨리 오고 싶었어. 그런데 그럴 수 없었어. 마지막 순간까지 포기하지 않기로 했거든."

이해할 수 없는 소리다. 수빈이 갸웃하며 묻는다.

"무슨 말이야? 무슨 일 있었어?"

나은은 끄덕인다.

"있었지. 많이. 아니, 이제 곧 있을 거야."

바로 그때, 저 멀리 파도가 닿는 모래사장 부근에 사람들이 모여들기 시작한다. 수많은 인파가 순식간에 불어나며 심상치 않은 분위기가 형성된다. 수빈은 반사적으로 소란이 벌어진 곳을 본다. 그 타이밍에 밀짚모자를 쓴 남자가 지나가며 묻지도 않은 소식을 알려 준다.

"애들이 빠졌다네요."

수빈의 눈이 조금 커진다.

"애들이요?"

수빈은 동요한 얼굴 그대로 나은을 본다. 그 즉시 나은이 묻는다.

"도와줄 거야?"

"그래야 하지 않을까?"

수빈은 평소와는 다른 나은의 눈치를 살피며 조금 주춤한다. 하지만 시간을 오래 지체하지 않는다. 금방 할 일의 우선순위를 결정한다.

"잠깐만 기다려. 금방 돌아올게."

그 순간, 그에게 특별히 애들을 구해야겠다는 사명감은 없다. 어떤 의무감이나 책임감을 느끼고 있지도 않다. 그저 본

능에 따를 뿐이다. 넘어진 사람을 향해 손을 뻗는 일처럼 자연스럽고 당연한 행위를 할 수 있기에 하려는 것에 불과하다.

수빈은 자리에서 일어난다. 태양을 등진 채, 모래사장에 우뚝 선다. 그대로 망설임 없이 돌아선다. 십 분 안에 바다에서 애들을 구하고, 다시 이 자리로 돌아올 셈이다. 그런데 마음과 달리 막상 땅에서 발을 뗐을 때 자리를 벗어나지 못한다. 갑자기 오른쪽 팔이 무거워지며, 아래로 축 늘어졌기 때문이다.

수빈은 자신의 오른팔을 내려본다. 그러자 팔목을 붙들고 있는 나은의 손이 보인다.

"가지 마."

나은이 말한다. 수빈을 올려보고, 또박또박 말한다.

"네가 안 가도 돼. 너여야 할 필요 없잖아."

수빈은 당황한다. 그가 아는 나은이라면 이런 때에 이렇게 굴 리 없는데. 이상하게 그녀가 낯설게 느껴진다. 그사이, 저 멀리 모인 인파의 규모는 급격히 커지고, 웅성거림 속에 고함과 절규가 들려온다. 수빈의 얼굴에 초조함이 드러난다. 이를 눈치챈 나은이 다시 입을 연다.

"나도 알아. 시간이 없다는 거."

그녀는 수빈의 팔목을 잡은 손에 힘을 주고 말한다.

"너에게 듣고 싶은 얘기가 있었는데, 이제 들을 수 없어. 너랑 하고 싶은 일도 많았는데, 전부 할 수 없게 됐어. 나에게 주어진 시간은 이미 다 써 버렸거든. 모두를 구하고 싶어서, 이제껏 계속 달리고 또 달렸어."

수빈은 나은의 말을 하나도 알아듣지 못한다. 걱정스러운 얼굴로 답답해하며 묻는다.

"대체 아까부터 왜 이러는 거야? 알아듣게 얘기해 주면 안 돼?"

나은이 바로 답한다.

"널 좋아했다는 얘기야."

"뭐?"

"아니, 좋아해. 그래서 어떻게든 미래를 바꾸고 싶었어. 우리가 함께 있는 미래를 만들 수만 있다면 어떤 대가를 치러도 상관없다고, 기꺼이 치를 거라고까지 생각했어. 그렇지만……"

나은이 급격히 매어 오는 목소리로 말을 잇는다.

"역시 난 못 해. 그 애들한테서 미래를 빼앗을 수 없어. 그 미래엔 너와 함께 있어도 행복할 것 같지 않거든. 우리는 아마 행복할 수 없을 거야."

나은이 금방이라도 울음이 터질 것 같은 얼굴로 수빈을 올려본다. 그리고 잘 나오지 않는 목소리를 있는 힘껏 쥐어짠다.

"미안해. 그렇지만 어쩔 수 없어."

기어이 눈물 한 방울을 떨구고 천천히 속삭인다.

"결국 이게 최선이야. 믿어 줄래?"

수빈은 그런 나은을 가만히 내려본다. 여전히 그녀가 하는 말을 하나도 알아듣지 못하지만, 그녀가 그렇다면 그런 줄로 안다. 한 치의 망설임도 없이 자신의 마음을 밝힌다.

"응. 믿어."

그 순간 나은이 스르르 수빈의 팔목을 놓는다.

"그렇다면 후회는 없어."

곧바로 나은은 자리에서 일어나 움직인다. 순식간에 수빈을 지나쳐서 멀어진다. 그가 지켜보는 가운데, 그보다 먼저 물에 빠진 아이들을 구하기 위해, 새파랗고 광활한 바다를 향해 달려간다.

23

새로운 하루가 시작됐다. 오늘 하루가 그저 그런 기억에 남지 않는 날이 될지, 좋은 의미로든 나쁜 의미로든 평생 잊지 못할 날이 될지, 훗날의 기억이 아무 의미 없는 생애 마지막 날이 될지, 전혀 알 수 없는 사람들이 하나둘 깨어났다. 그들은 대부분 자신에게 익숙한 방식으로 하루를 맞았다.

소소리 마을 사람들도 마찬가지였다. 특별히 자영업자들의 새 아침은 지난 아침과 거의 같았다. 호프집 황 사장은 홀 테이블을 닦았고, 백반집 윤 씨는 하루치 반찬을 만들었다. 네일 아트 숍 문을 연 세미는 예약자 명단을 확인했고, 빵집 문 앞에 오픈 팻말을 내건 바우는 크루아상을 구웠다.

자영업자들만큼은 아니지만 다른 주민들의 새 아침도 전날과 별반 다르지 않았다. 아침잠이 없는 노인들은 늘 하던 산책을 했고, 학교에 나갈 일이 없는 지훈은 루틴에 맞춰 근력 운동을 했다. 그리고 은퇴 후 소일거리 삼아 택시 운전을 하는 김 기사는 첫 손님을 내려 주고 난 뒤, 단골 카페를 찾았다. 낯가림이 심해서 손님들과는 대화하지 않지만 친한 사람에게는 수다스러운 그는 오랜 친구인 카페 주인에게 떠들었다.

"방금 내 택시에 누가 탔는 줄 알아?"

"누구?"

"그 애들."

"갑자기 그 애들이라 하면 뭔 애들인지 어떻게 알아?"

"왜 있잖아. 옛날에 바다에 빠져서 죽다 살아난 애들."

"아, 그 애들! 박은호랑 차도희?"

그 시각, 십이 년 만에 소소리 마을로 돌아온 은호랑 도희는 언덕 위에 있었다. 아침 일찍 택시를 잡아탄 그들은 타지에 방문한 목적을 이루기 위해 다른 곳에 한눈팔지 않고 곧장 언덕 꼭대기로 향했다. 그리고 택시에서 하차한 뒤, 줄곧 한 지점을 바라보았다. 그들의 시선이 닿는 초록의 잔디 끝에는 덩그러니 납골묘 하나가 놓여 있었다.

오래전 만들어진 은인의 묘였다.

은호와 도희는 묘 하단에 준비해 온 국화 다발을 내려놓았다. 그리고 정중히 손을 모으고 서서, 눈을 감고 속으로 인사를 건넸다.

'늦게 와서 죄송해요.'

뒤이어 전했다.

'⋯⋯.'

긴 침묵을. 어쩔 수 없었다. 은호와 도희가 너무 어려서, 생각이 짧아서, 할 말을 찾지 못한 것이 아니었다. 정말로 할 만한 말이 없었다. 어떤 마음은 본디 말로 전할 수 없기에. 은호와 도희는 자신들이 품은 마음을 말의 틀 안에 억지로 욱여넣어 구깃구깃하게 전달하려고 애쓰지 않았다.

그저 마음 깊이 애도했다.

얼마 뒤, 두 사람은 약속이라도 한 듯 동시에 천천히 눈을 떴다. 서서히 넓어지는 시야 사이로 햇살에 반짝이는 묘의 상판이 들어왔다. 네모반듯한 매끈한 돌 위엔 은인의 이름이 새겨져 있었다. 꿈에서도 잊을 수 없는 그 이름을 은호와 도희는 눈에 담고 읊조렸다.

"이수빈."

그때였다. 부스럭, 갑자기 뒤에서 풀 밟히는 소리가 났다. 인기척을 느낀 은호와 도희는 뒤를 돌았다. 그러자 아는 사람이 보였다. 막 언덕 위에 올라온 그 사람은 나은이었다.

기차역 근처 아담한 카페에서 나은이 아이스 아메리카노에 담긴 빨대를 휘적이며 말했다.

"왜 또 떠나지 않았어?"

맞은편 자리에서 은호가 답했다.

"깜빡한 일이 생각나서요."

"무슨 일?"

은호의 옆에서 주스를 마시고 있던 도희가 말했다.

"추모요. 원래 이 마을에는 수빈 오빠를 추모하려고 왔는데, 생각해 보니까 이틀 동안 한 번도 제대로 한 적이 없더라고요."

은호와 도희가 그 사실을 깨달은 건 어젯밤 기차역 플랫폼에서였다. 조용히 기차를 기다리고 있던 두 사람은 소소리 마을에서 있었던 일들을 돌아보다가 수빈의 묘지에 들렀을 당시 헌화를 마치고 멍하니 경치 구경만 하다 돌아섰던 일을 기억했다. 그때는 수빈에 대해서 이름밖에 몰랐으니까, 아무래도 잘 모르는 사람을 위해서는 온 마음을 쓰기 어려워서였다. 하지만 이제는 진심으로 추모를 할 수 있을 것 같았다. 아니, 하고 싶었다.

선로에 기차가 들어오기 시작할 무렵, 한마음을 먹은 은호와 도희는 미련 없이 돌아섰다. 그길로 곧장 수빈의 묘지로 향하고자 했다. 추모를 반드시 묘지 앞에서 할 필요는 없지만 기왕에 아직 소소리 마을에 있으니까 할 수 있는 성의를 다 하고 싶어서였다. 그러나 시간이 너무 늦어서인지 앱으로 택시가 잘 잡히지 않았다. 할 수 없이 두 사람은 행선지를 변경했다. 걸어서 어제 묵은 게스트 하우스로 갔다.

"어서 오세요."

문이 열린 순간, 반사적으로 외친 주인 할머니가 은호와 도희를 보고 멈칫했다.

"너희들, 부모님께 한 번 더 외박 허락을 받은 거 맞지?"

할머니의 의심과 걱정이 한데 섞인 시선을 받으며, 은호와 도희는 당당히 답했다.

"네."

사실이었다. 그들은 게스트 하우스로 향하는 길에 각자 집으로 전화를 걸어 말했다.

"지금 소소리 마을에 와 있어."

부모님께 솔직하게 현재 위치를 밝혔다. 그리고 어떤 경위로 이 밤, 이곳에 있게 되었는지 상세히 설명했다. 당연히 부모님은 깜짝 놀라며 난리가 났다. 하지만 은호와 도희는 의연하게 대처했다. 소소리 마을에서 잠깐이나마 수빈의 삶을 마주한 덕에 그를 떠올리면 마음이 아프단 사실과 별개로 그의 존재를 받아들이고, 그에 대해 얘기할 준비가 되었기 때문이다. 은호와 도희는 수빈이 선사해 준 미래로 나아가는 동안 그를 외면하고 무시하고 싶지 않았다. 그에 대한 기억을 제대로 안고 살아갈 각오를 했다. 그래서 부모님들에게도 그 사실을 알리고, 당장 마을로 데리러 오겠다는 그들을 만류하며 이렇게 말했다.

"걱정 마. 내일 추모를 잘 마치고, 친구랑 같이 돌아갈게."

다음 날, 언덕에서 내려온 은호와 도희는 약속대로 곧장 집에 갈 준비를 했다. 기차 시간을 기다리는 동안만 우연히 만난 나은과 카페에서 시간을 보냈다. 먼저 자신들에게 있었던 일을 털어놓은 그들은 하룻밤 사이 부쩍 차분해지다 못해 침울해진 나은에게 물었다.

"근데 누나 일은 어떻게 됐어요?"

"혹시 어제 했어요?"

나은은 덤덤히 답했다.

"응. 어젯밤에 완전히 끝났어."

말을 맺은 그녀는 자연스레 지난밤 꿈을 회상했다. 오후 3시 55분, 그녀는 바다로 뛰어들었다. 수빈 대신 아이들을 구하기 위해 그들이 있는 지점을 정확히 확인하고 다가갔다. 사람들을 헤치고, 물살을 갈라서 무사히 아이들에게 닿았다. 꿈에서 처음으로 그들을 잡는 일에 성공했다. 하지만 그 순간, 예상치 못한 일이 벌어졌다. 커다란 파도가 뒤에서 덮쳐 온 것이다. 물살에 휩쓸린 나은은 아이들을 놓쳤고, 설상가상 물속에 잠겼다. 그 순간 눈앞이 깜깜해졌다. 이대로는 자신도 아이들도 모조리 목숨을 잃는 최악의 사태가 벌어질 것이 분명했다. 바로 그때 기적적으로 사태를 무마해 줄 사람이 나타났다. 나은이 떠나자마자 곧장 뒤따라온 수빈이었다. 그는 순식간에 나은을 잡아서 물 밖으로 올려 주고, 빠르게 아이들에게로 헤엄쳐 갔다. 그 모습을 마지막으로 눈에 담고, 나은은 잠에서 깼다.

이후 십이 년 동안 축적된 기억은 크게 바뀌지 않았다. 사고가 일어나고 얼마 뒤, 나은의 부모님은 산지에 있는 이모네 근처로 이사를 결정했다. 나은은 그곳에서 고3 시절을 보냈고, 다음 해 대학 입시를 망쳤다. 원래 졸업했던 대학교를 똑같이 졸업한 후엔 서울에서 원래 다녔던 회사들을 그대로 전전했다. 그날의 사고로 인한 트라우마도 여전했다. 나은은 발작적인 공황 증상을 줄이기 위해 고향을 멀리했고, 그 바람에 고향친구들과 멀어졌다. 그리고 현재는 원래 살던 집에서 변함없이 살고 있다.

"결국 미래는 바뀌지 않았어."

잠시 혼자만의 생각에 빠져 있던 나은이 자신도 모르게 중얼거렸다. 기적을 일으킬 기회를 열 번이나 쥐고도, 무엇 하나바꾸지 못했다니……. 이럴 거면 그런 꿈을 왜 꿨는지 알 수 없고, 허무했다. 갑자기 입안이 써진 나은은 휘적거리던 빨대를 입에 물고 아이스 아메리카노를 들이켰다. 그리고 천천히고개를 들어 올렸다. 바로 그때, 그녀의 시야에 벙쪄 있는 은호와 도희의 얼굴이 들어왔다.

"미래가 바뀌지 않았다는 게 무슨 말이에요?"

은호가 물었다.

"과거는 바꿀 수 없지만, 미래는 왜요?"

따라서 도희도 물었다. 그제야 나은은 자신의 말에 어폐가 있었음을 깨달았다. 그녀가 바꾸고자 했던 미래는 사실 현재 니까. 짧은 순간, 나은은 현재 그나마 바뀐 세 가지를 세웠다. 무릎과 왼쪽 손바닥에 남은 흉터, 소소리 마을 기물 곳곳에 그려진 낙서. 그리고.

"가지 마."

수빈을 붙잡으며 손을 뻗었던 기억. 나은의 손에는 그를 잡았던 감촉이 아직 생생하게 남아 있었다. 결국 그를 살려 내진 못했지만, 어쨌든 그를 잡아 보았고, 더는 그를 위해 손 한 번 뻗어 주지 못했던 과거가 후회스럽지 않았다.

'어쩌면 그 꿈은 현재가 아닌 진짜 미래를 바꾸기 위한 것이었을까?'

나은은 자신의 손을 내려보며 생각했다. 그리고 그날 그 바다에서 자신과 함께 살아 돌아온 은호와 도희를 보며, 조금 전 한 말을 정정했다.

"아니야. 미래는 바뀌어. 살아 있는 한, 바꿀 수 있지."

24

전국에 한파 주의보가 내렸다. 겨울 방학이 코앞으로 다가오자 학생들의 옷차림이 달라졌다. 모두가 교복 위에 두꺼운 겉옷을 걸치고, 목도리며 귀마개 등을 둘렀다. 하지만 그들의 일과는 별로 달라지지 않았다. 대한민국의 평범한 수험생에 속하는 대부분의 학생들은 아침 일찍부터 밤늦게까지 똑같은 생활을 이어 갔다. 물론 은호와 도희도 그러했다.

두 사람이 소소리 마을에 다녀온 지 어느덧 넉 달이 지났다. 집으로 향하는 기차 안에서 그들은 앞으로의 삶이 이제까지와는 분명 다를 거라고 생각했다. 실제로 변화는 나타났다. 두 사람은 자주 살아 있음을 느끼고, 매사에 감사했다. 급식을 먹다가, 교정을 걷다가, 노을을 보다가 문득 전율했다. 하루에도 몇 번씩 수빈을 생각했고, 그를 위해서라도 자신들의 인생을 헛되이 보내서는 안 된다고 다짐했다. 넓은 세상을 경험하고, 다양한 체험을 하면서 주어진 삶을 아깝지 않게 써야 한다고 스스로를 독려했다.

하지만 당장, 어디에서 무엇을 하며?

대한민국의 평범한 수험생 신분인 은호와 도희는 자유로운 영혼을 지닌 방랑자처럼 어느 날 갑자기 어디론가 훌쩍 떠날 수 없었다. 하다못해 수빈처럼 마음 가는 대로 재미있게 살기도 어려웠다. 애초에 그들과 수빈이 처한 상황이 다르고 성격 또한 천지 차이였으니까. 성실하고 차분한 은호와 목표 지향적인 도희는 그들 자신의 모양에 맞게 살아야 했다.

머잖아 그들은 소소리 마을에 방문하기 전과 다르지 않은 삶으로 돌아갔다. 하루에도 몇 번씩 비정상적으로 요동치던 감정의 증폭이 자연스레 줄어든 무렵이었다. 평정심을 되찾은 은호와 도희는 매 순간을 극적으로 인지하거나, 남다르게 만들려고 무리하지 않고 평범한 일상을 보냈다. 다만 마냥 흘려보내지는 않으려 전보다 조금 노력했다.

"빨리 좀 할래?"

언젠가부터 은호는 선우에게 이 말을 많이 듣게 되었다. 방과 후, 몇 달째 들르고 있는 편의점에서 말이다. 한때는 습관적으로 매번 같은 맛의 삼각김밥을 집었던 은호는 소소리 마을에서 돌아온 때를 기점으로 매일 새로운 상품을 골랐다. 혹시나 마음에 쏙 드는 간식을 발견하는 행운이 있을까 해서였다. 사실 그런 경우는 별로 없었고, 빨리 좀 고르라는 친구의 구박에 시달리게 됐지만, 그래도 은호는 도전을 포기하지 않았다. 일상에서 쟁취할 수 있는 즐거움을 찾는 일에 보다 적극적으로 변했다. 관심 없던 장르의 노래도 듣고 취향이 아니던 스타일의 옷도 입으며, 좋아하는 것을 조금씩 늘려 갔다. 한편, 도희는 이 말을 많이 하게 되었다.

"지금 뭐 해?"

틈날 때마다 친구에게 전화해서 내뱉는 말이었다. 그 친구는 은솔이었다. 소소리 마을에서 돌아온 직후, 도희는 슬럼프 때문에 학원에 나오지 않고 있는 은솔에게 먼저 연락했다. 그날 이후 자주 통화하며, 해도 그만이고 안 해도 그만인 잡담을 나눠 오고 있다. 정신없는 입시 전쟁 속에서 모든 친구를 다 챙길 순 없지만, 그녀만은 잃고 싶지 않은 친구였기 때문이다. 도희는 소중한 인연을 지키기 위해 기꺼이 힘쓰게 됐고, 그러한 인연인 친구는 은솔 외에 또 있었다.

저녁 7시, 국숫집 문이 열렸다. 한창 사람이 몰릴 때라 자리가 있을까 걱정했는데, 다행히 창가에 두 자리가 남아 있었다. 은호와 도희는 서둘러 그 자리에 앉았다.

소소리 마을에서 돌아온 이후, 두 사람은 종종 만났다. 더 이상 서로를 만나야 할 이유가 없었지만, 용건 없이 만나서 밥을 먹고 수다 떠는 사이로 지냈다. 여름에 한 번 방문한 적 있는 도희의 동네 맛집에 무사히 착석한 그들은 겨울 특선 메뉴를 시켰다. 오래지 않아 뜨끈한 어묵 우동이 나왔다. 김 오르는 국물을 후루룩 떠먹으며 도희가 말했다.

"엊그제 소소리 마을에 폭설이 내렸다더라."

"진짜? 다들 괜찮나?"

"응. 별일은 없는 것 같았어. 눈 치우기가 힘들어서 그렇지."

도희가 핸드폰을 꺼내서 소식의 출처인 SNS 사진을 보여주었다. 사진을 올린 사람은 세미였다. 사진 속에서 세미는 뽀얗게 눈 내린 상점 거리 한복판에 서 있었다. 그녀의 뒤로 눈을 치우고 있는 마을 사람들이 보였다. 인파 사이 지훈과 바우가 있었다. 두 사람은 각각 체격과 몸집이 아깝지 않게 열정적으로 삽질 중이었다. 그런 그들의 옆에는 눈을 푸는 둥 마는 둥 하며, 장갑 낀 손으로 장난을 치고 있는 한 여자가 있었다. 나은이었다.

넉 달 사이, 어깨까지 머리카락을 기른 나은의 표정은 굉장히 밝았다. 세미가 자주 업데이트하는 SNS 사진에 따르면, 그날 이후 조금씩 좋아진 듯했다. 고향에 방문하는 기간이나, 옛 친구들과 어울리는 빈도도 점점 늘어났다. 최근엔 취미 삼아 새 카메라도 장만한 것 같았다.

"즐거워 보이네."

은호가 사진 속 나은을 보며 말했다. 나은과는 따로 연락하며 지낼 사이는 아니고 사실상 스쳐 간 인연에 불과하지만, 그럼에도 그녀가 잘 지내고 있단 사실을 확인할 때면 이상하게 마음이 놓였다. 앞으로도 내내 잘 지내길 바라는 마음을 품게 되었다. 은호는 미소 띤 얼굴로 도희에게 핸드폰을 건네주었다. 그러면서 문득 생각난 질문을 던졌다.

"그런데, 결국 그 꿈은 뭐였을까?"

"무슨 꿈?"

"있잖아. 나은 누나가 우리를 찾아오게 만들었던 이상한 꿈."

"아아."

도희가 뒤늦게 알아듣고 대수롭잖게 반응했다.

"몰라. 이제 와서 상관없잖아?"

"그래도 궁금하지 않아? 난 가끔 생각나던데."

"전혀. 누구나 살다 보면 좀 이상해질 때가 있잖아. 언니한텐 올해 여름이 그랬나 보지 뭐. 지금 잘 지내고 있는 것 같으니까, 뭐였든지 됐어."

도희가 소신껏 의견을 피력한 뒤, 은호를 보고 피식 웃었다.

"하여간 넌 참 쓸데없는 생각을 오래도 해."

곧바로 은호가 맞받아쳤다.

"뭐든 확실히 알고 넘어가면 좋지 뭘 그래? 아무튼 넌 너무 생각이 없어."

은호와 도희는 보란 듯이 서로를 이해할 수 없다는 표정을 지었다. 확실히 그들의 성격은 달라도 너무 달랐다. 취미도, 취향도, 관심사도 잘 맞지 않았다. 솔직히 불가피한 이유로 엮이지 않았더라면 친구가 되기 어려울 정도였다. 그렇지만.

"눈 온다."

한 손님이 테이블 옆을 지나가며 말할 때, 그들은 동시에 창밖을 보았다. 과연 거리에는 빙그르르 눈송이가 떨어지고 있었다. 올해 들어 서울에 처음 내리는 눈이었다. 은호와 도희는 조용히 거리에 시선을 두었다.

생애 열여덟 번째 겨울, 다시는 돌아오지 않을 어느 저녁에, 두 사람은 북적이는 식당에 마주 앉아서 함께 첫눈을 구경했다.

작가의 말

앞날은 알 수 없다. 내일 일도 모르겠다. 내가 아는 유일한
미래는 이것뿐이다. 나는 언젠가 죽는다. 이 사실을 떠올리
면 이상하게도 슬프기보다는 담대해진다. 어려운 일을 시도
할 용기가 생기고, 마뜩잖던 사람에 대한 이해심이 솟고, 가슴
을 누르던 고민의 무게가 줄어든다. 나아가 익숙하던 주변 풍
경이 신비로워 보이고, 별 볼 일 없던 하루가 값지게 느껴진
다. 아마도 그래서 나는 죽음에 관한 이야기가 쓰고 싶었던 것
같다.

적잖은 지면 위에 한 마을을 무대 삼아 여러 사람의 시점으
로 펼쳐 낸 이 이야기는 사실 단 두 문장으로 축약할 수 있다.
'메멘토 모리(Memento Mori). 카르페 디엠(Carpe Diem).' 이
야기를 쓰는 동안, 나는 수빈의 죽음을 목격한 뒤 과거에 갇혀
버린 나은, 그리고 수빈의 죽음을 알게 된 뒤 미래로 나아가기

어려워진 은호와 도희가 이 두 문장을 지침 삼아서 움직이길 바랐다. 죽음을 기억하며 현재에 충실하길. 지난 순간은 돌아오지 않고, 어떤 순간도 영원하지 않으므로, 당장 주어진 순간을 의미 있게 여기며 살아가기를 응원했다. 그리고 이야기를 손에서 놓아 버린 지금, 같은 마음으로 많은 이들을 응원한다. 모두들 이미 알고 있겠지만 자주 잊어버릴 두 문장을 이 이야기가 잠시 떠올리게 만들어 주면 좋겠다. 이 순간 이 글을 읽고 있는 그대가 생의 어느 지점을 지나고 있든 보다 담대해지길 소망하며, 세상 밖으로 책을 내보낸다.

이 책이 나오기까지 좋은 날도 있었고, 나쁜 날도 있었다. 어쨌든 돌이켜 보면 내겐 모두 의미 있는 날들이었다. 그 시간 동안 곁을 지켜 준 이들이 많다. 오래도록 글에 대한 믿음을 주고 출간까지 힘써 준 창비교육, 내 삶이 내 업에 짓눌리지 않도록 힘을 뺄 수 있게 도와준 친구들, 그리고 창의적인 표현이 아닌 줄 알지만 진실로 이렇게 칭하고 싶은 사랑하는 우리 가족에게 감사하다는 말을 전한다. 끝으로 이 책을 매개로 한 여름날의 여정을 함께해 준 그대에게 감사와 행운을 보낸다.

2024년 여름
안세화

너의 여름에 내가 닿을게

초판 1쇄 발행 2024년 7월 8일
초판 3쇄 발행 2024년 11월 6일

지은이 • 안세화
펴낸이 • 황혜숙
편집 • 한아름
펴낸곳 • (주)창비교육
등록 • 2014년 6월 20일 제2014-000183호
주소 • 04004 서울특별시 마포구 월드컵로12길 7
전화 • 1833-7247
팩스 • 영업 070-4838-4938 | 편집 02-6949-0953
홈페이지 • www.changbiedu.com
전자우편 • contents@changbi.com

ⓒ 안세화 2024
ISBN 979-11-6570-267-0 43810

 창비교육 성장소설 시리즈는 '성장'을 고리로
소통과 공감을 이끌어 내는 이야기를 담아냅니다.